今野 敏

潜入捜査
〈新装版〉

実業之日本社

実業之日本社文庫

目次

佐伯連《さえきのむらじ》——

古代より有力軍事氏族として宮廷警護などにあたった。一族のうち子麻呂は大化改新の口火となった蘇我入鹿暗殺（六四五年）において功をあげた。

1

「チョウさん。俺、知りませんよ、こんなことして……」

若い刑事が言った。

佐伯涼《さえきりょう》部長刑事は何もこたえようとしなかった。若い刑事をまったく無視しているようだった。

佐伯は三十五歳だが、相棒はさらに若く、まだ二十代だった。

若い刑事はさらに言った。

「所轄に連絡して応援を呼びましょうよ……」

佐伯は厳しい表情で自分の相棒を見た。若い刑事はもうその鋭い眼差しには慣れていた。佐伯を知って間もないころは、その眼で見られると身がすくむほどおそろしかった。

佐伯部長刑事は言った。

「今が一番のチャンスなんだ。連中、銃弾を一発撃ち込まれて、完全に舞い上がっている」

「だからこそ、ふたりっきりじゃ危ないんじゃないですか。連中、今ごろ、ドスや拳銃《チャカ》を用意して、出撃準備してますよ」

「だからこそ、銃刀法違反の現行犯で全員ひっくくれるんじゃないか」

今、彼らがいるのは、新宿の三光町《さんこうちょう》にある暴力団の事務所のまえだった。

五坪（十畳）ほどの小さな事務所のなかに七人ほどの構成員がいるはずだった。

事務所は、雑居ビルの一室で、住民の立ちのきを求める声が高まりつつあった。

そんなときに起こった発砲事件だった。

事件が起きたばかりのころは、マスコミも注目し、警察も大挙して押しかける。

付近の住民の立ちのき要請の声も高まった。

暴力団はじっとその騒ぎがおさまるのを待っていたのだ。

そして、今夜、その暴力団が報復のために武装を始めたという密告《タレコミ》が、佐伯のもとに入ったのだった。

「だからって、やっぱりふたりでやるのはまずいですよ」

「ふたりじゃない」

「え……？　ふたりじゃない？」

「そう。俺ひとりで行く。おまえはここで待っていろ」

「冗談でしょう！」

佐伯は、ニューナンブ・リボルバーのシリンダーを開き、カートリッジを確認してから歩き出した。

若い刑事はどうすることもできなかった。

佐伯がドアのまえに立った。鉄製のドアだ。佐伯がそのドアを激しく蹴った。けたたましい音が、コンクリートの廊下に響いた。

佐伯は、もう一度同じことをした。

ドアが細く開いた。その十五センチほどの隙間《すきま》から、暴力のにおいをぷんぷんさせた男が睨《にら》んだ。

その眼は赤く濁《にご》っている。顔も赤ら顔だ。眼の瞳孔が異常に小さいのは、覚醒剤を常用しているせいに違いなかった。

「何だ、てめえは」

佐伯は、返事をせず、その十五センチの隙間に、正確にパンチを繰り出した。拳が赤ら顔をとらえた。

鼻を狙ったのだが、鼻骨を叩き折ったときの、独特のぐしゃりとした感触がなかった。相手の鼻はすでに何度もつぶされているらしい。

相手は不意をつかれたので、そのまま尻もちをついてしまった。

まさに蜂の巣をつついたようなものだった。ドアが開くと、若い衆が三人飛び出してきた。彼らは手に匕首《あいくち》を持っている。暴力団の連中がドスと呼ぶ短刀だ。

佐伯は取り囲まれるのを待つようなことはしなかった。

最初に飛び出して来た男が、匕首を構えるまえに、低い蹴りを放っていた。

横に跳ね上げるような蹴りで、足の外側の縁——空手で足刀と呼ぶ部分が、下から正確に金的をとらえた。

ぐふっという声にならない悲鳴を上げて男は前かがみに崩れ落ちそうになる。

佐伯はその襟《えり》口を片手でつかみ、次に出てくる男に向かって蹴り出した。

ふたりの男はぶつかり、一瞬もつれ合った。互いに刃物を持っているので、それだけで充分に危険だった。

ふたり目の男は股間《こかん》をおさえて戦闘不能になっている若者を脇に蹴りやった。その瞬間が隙となった。

佐伯は、滑《すべ》るような足さばきで、一気に詰め寄り、その移動の勢いを左のパンチに乗せて、男の顔面に叩き込んだ。

男は、糸が切れたマリオネットのようにその場に崩れた。

そのときには、もう廊下へ出ていた三人目の男が、教科書どおりに匕首を両手で持ち、自分の腹に固定して体ごと佐伯にぶつかってきた。

こういう攻撃はおいそれと、払ったりかわしたりできるものではない。

だが逃げ道がないわけではない。佐伯は充分にその男を引きつけておいて、いきなり廊下に身を投げ出した。

相手の男は佐伯の姿が突然消え失せたように感じたはずだった。佐伯は伏せたまま、両手と左膝《ひざ》で体重を支え、思いきり右足の踵《かかと》を後方へ突き出した。

踵が、相手の膝に激突した。骨が折れる鈍い音が聞こえた。相手は膝を折られたのだ。もう一生、もとどおりに歩くことはできない。

関節を折られて耐えられる者はいない。彼は廊下でのたうち回った。

三人を片づけるのに一秒かからなかった。

最初にドアの隙間から顔をのぞかせた男はまだ事務所のなかで尻もちをついている。

そのむこうに、まだ三人いる。

明らかに飛び出してきた三人とは貫禄《かんろく》が違う。パンチパーマがひとりに、角刈りがひとり。そのふたりは、首が太く、体格がいい。いくぶん太り気味だが威圧感はある。典型的な暴力団の幹部タイプだ。

そのふたりが、銃を抜いた。ＳＩＧ・ザウアーに見えたが、コピー拳銃のようだ。フィリピンあたりで作られている安物だ。

「どこの鉄砲弾《てっぽうだま》だ、てめえ」

パンチパーマの男が言った。

その男は、となりの角刈りの男とともに、銃口を佐伯に向けていた。

そのふたりのうしろに、ひどくやせた男が立っていた。

顔色の悪い男だ、と佐伯は思った。

だがその男は、頬《ほお》がこけているせいもあり、極端に着やせするタイプのようだった。

顔色が悪いように見えたのも、色白だからだった。

その一番うしろの男が、この事務所をまかされている組長だった。

佐伯はごく無造作にニューナンブ・リボルバーを二連射した。

佐伯の銃弾は、パンチパーマの男と角刈りの男に命中した。ふたりは一瞬、何が起こったかわからないような表情をした。

ふたりの顔色はみるみる悪くなり、パンチパーマの男はうずくまり、角刈りの男はそのまま膝をついた。被弾のショックのせいだ。

尻もちをついていた男がようやく、立ち上がり、そばのテーブルにあったクリスタルの灰皿を持って殴りかかってきた。

「このやろう！」

男は顔を赤く染めている。

佐伯は振り向きざまに一発撃った。相手の膝に命中していた。

ＩＲＡ（アイルランド共和国軍）の連中が裏切り者に対して行なう罰の一種だ。膝を撃ち抜かれた者は、一生足を引きずって歩かねばならない。

男は灰皿を放り出して倒れ、悲鳴を上げながらのたうちまわった。

組長といっても、まだ若い男だった。佐伯とそれほど年齢は離れていないようだった。

組長が言った。

「何のつもりだ、てめえは……」

その眼は怒りのために異様に光っている。顔色があまりの怒りのせいで蒼白に見える。

佐伯は、組長が拳銃を握っているのを見た。コルト・オートマチックＭ１９１１・Ａ１――通称ガバメントだ。

コピーではなく、本物のようだった。相当に値が張るということだ。

ガバメントは、第一次・第二次世界大戦、朝鮮戦争、ベトナム戦争を通じてアメリカ軍の制式拳銃だったが、近年、ベレッタＭ92Ｆがその座を奪った。

その際、ガバメントが米軍から裏稼業にかなりの数、出回ったことがあった。軍では当然ながら銃を厳しく管理しているが、それでもそういうことが起こるのだ。

ここの組長は、その際に、ガバメントを手に入れたのかもしれない。組長は、その銃に充分慣れているようだった。おそらく狙いは外さないだろうということだ。

「どこのもんだ？　名前ぐらい聞いてやってもいい」

佐伯は初めて口をきいた。

「ヤー公ふぜいが、一人前に人間さまのまねをするんじゃない」

「何だ……？」

「おまえら人間じゃないと言ってるんだ。犬っころは人さまに迷惑かけないから、おまえら犬以下だ」

佐伯はしゃべりながら、リボルバーを撃った。その銃弾は、組長の額を撃ち抜いた。「気取っていると、そういうことになる。名前なんぞ尋ねるまえに引き金を引くべきだったんだ」

けがをして床でのたうち回っている組員たちが、一瞬、痛みを忘れたように動きを止めた。

組長が撃ち殺されたことに衝撃を受けたのだ。

「次に死にたいのは誰だ？　弾はまだ一発だけ残っている」

佐伯は、リボルバーの銃口を、倒れている組員に次々に向けながら言った。

こわもてする暴力団の幹部たちも、こうなればただの人間だ。開き直って啖呵《たんか》を切るような男はひとりもいなかった。

皆、恐怖に顔をひきつらせ、縮み上がっている。

佐伯は本当にもうひとりくらい殺しそうに見えた。

そこに、パトカーのサイレンの音が聞こえてきた。佐伯は舌を鳴らして、リボルバーをホルスターに収めた。

やがて、大勢の人の駆け足の音が聞こえてきた。警官隊と、所轄署の刑事たちが駆けつけたのだ。

佐伯と組んでいる若い刑事が、応援を呼んだのだった。

所轄の刑事たちは出入口で立ちすくみ、佐伯を見た。彼らは無言で佐伯を見た。

説明を求める眼つきだった。

佐伯は言った。

「激しく抵抗したのでやむなく発砲した」

それだけ言うと事務所を出た。

相棒の若い刑事が追いついてきて言った。

「あんな無茶をいつまで続ける気です？」

「生きてる限りさ」

佐伯は若い刑事のほうを見ないまま言った。「もっとも、いつまで生きてるかが
問題だがな」


警視庁刑事部捜査四課の課長、志垣甲平《しがきこうへい》警部が佐伯を呼んだ。

志垣課長は、何も言わず佐伯を小会議室まで連れて行った。

「派手にやってくれる……」

課長は言った。「検挙点数はかせげて助かるが、マスコミの眼もうるさい」

「そういうことは、そっちで片づけてください。そのための管理職でしょう?」

「まあ、マスコミなどどうということはない。面倒なのは警務部でね……」

「連中に俺たちの何がわかるというのです?」

警務部というのは警察の人事管理を行なう部署だ。人事や給与、厚生などを手がける一方で、警察官の犯罪・非行を看視している。警視庁内では、公安部とならぶ出世コースだ。

「わかりゃしないさ。ヤー公相手に体張ってるおまえさんたちの苦労なんざ、ね。だが、連中の評定は大きくものを言うんでね……」

「先日の一件ですか? 殺《や》らなきゃこっちが殺《や》られていたんですよ。わかるでしょう?」

「所轄の応援を待てば、ああいうことにはならなかったと言い張る連中がいる」

「マルB(暴力団)ってやつらは、ずる賢いんですよ。サイレン鳴らしたパトカーがやってきたり、警官隊が近づいたりしたら、すぐに武器を運び出しちまってたでしょう。そういった逃げ道をちゃんと用意してあるんですよ」

「わかってるさ。だが、やりかたはいくらでもあったはずだ」

「ほかには思いつきませんね。情報屋から密告《タレコミ》があってから、出入りが始まるまでの間に処理しちまわなければならなかったのですからね」

「今回ばかりではない。おまえが家宅捜査《ウチコミ》をかけるたびにヤクザが必ず死ぬ。まるでおまえは、ヤクザを殺すのを目的としているように見える」

短い間があった。緊張をはらんだ沈黙だった。

佐伯は言った。

「……これからは気をつけますよ」

「いや……」

志垣課長は苦しげな表情で首を横に振った。「もう遅い」

「どういう意味です？」

「おまえは捜査四課を辞《や》めなければならない」

佐伯は後頭部を殴られたような衝撃を感じた。

しかし、彼は取り乱さなかった。顔色を変えようともしない。

いつかはこういう日が来ることがわかっていた、とでも言いたげな顔をしている。

「懲戒免職ですか？」

「早とちりするなよ。ヤクザ殺したくらいでサツ官がくびになってたまるもんか。異動だよ」

「異動……」

「出向だがな」

「出向……。つまり、他の役所に？　警察庁《サッチョウ》じゃあるまいし」

「珍しいケースだ。君に逮捕権はなくなる。銃、警棒の携帯も認められない。警察手帳も私があずかる形になる」

「体《てい》のいい飼い殺しじゃないですか」

「そう思うか？　俺にゃ何とも言えんな……」

「どこなんです？　行き先は？」

志垣課長は、ふところから四つに折り畳んだ紙を取り出した。辞令だった。

佐伯は眉をひそめた。辞令に書かれている役所に聞き覚えはなかった。

「『環境犯罪研究所』？　何ですか、こりゃあ……。都の役所ですか？」

「知らんよ、俺は。行った先で説明を受けてくれということだ」

「親切だな……。それで、いつ行けばいいのです？」

「そこに書いてあるとおり、来月一日には移ってもらう」

「警視庁《ホンブ》は、よっぽど俺を早く追い出したいようですね」

志垣課長は肩をすぼめて言った。

「環境……何とかというところが、早くおまえさんを欲しがってるんじゃないのか?」

「俺にごみ拾いでもやらせようってんでしょう。街のごみを処分しているほうが好きなんですがね……」

「その街のごみどものことだが――」

志垣課長が、心持ち顔を近づけ、真剣に言った。

「気をつけろ。今までは、おまえのうしろには警察がついていた。おまえは桜の代紋、しょってたわけだ。だが、来月からはそうでなくなる。ヤクザどもはそういうことには耳が早い。そして、後ろ楯がなくなった元刑事のようなやつは、やつらの恰好のターゲットになる」

「お礼参りというやつですか。礼儀正しいやつらですからね」

「俺もそのあたりは、それとなく気にしておくがな……」

「課長が……?」

佐伯は志垣の顔を見た。「たまげたな……」

志垣は椅子から立ち上がった。話は終わったのだ。

志垣は出入口に向かいながら言った。

「上司の気持ちは、いつも部下に理解されない。いいか。俺は、おまえのためにいつでも席をあけて待ってる」

彼はドアの外に消えた。


佐伯は、隼町《はやぶさちょう》の国立劇場の近くにある安酒場で、コップ酒を飲み、夕食の代わりに、魚のあら煮や肉ジャガをつついた。

この店はよく刑事たちが飲みに来る店だった。上品とは言い難い店だが、とにかく料理の量が多い。

激務の割には給料が安い警察官にはもってこいの店だった。

刑事たちから情報を得たくて、新聞社の社会部の記者もやってくる。記者の連中は、こうして飲み屋で刑事をつかまえることを「夜回り」と呼んでいる。

下田《しもだ》という名の記者が佐伯を見つけ、近づいてきた。

テーブルの向かいの席を指差して尋ねた。

「そこ、いいですか?」

「だめだ」

「そういうこと、言いっこなし」

下田は、自分のとっくりとぐい呑みを持ってその席にすわった。「派手にやったらしいじゃないですか？　あれ、記者クラブには、暴力団員が激しく抵抗したんで、警官隊が発砲した、と発表されましたが、本当は佐伯さんひとりでやったと聞いてますよ」

佐伯は、うつむきかげんのまま、上眼づかいに下田を見た。

「あんた、耳はいいが、頭は悪いようだな？」

佐伯の眼差しは鋭い。中途半端な暴力団員なら、簡単に貫禄負けしてしまう。

下田は、悪びれた様子もなく言った。

「だいじょうぶ。記事にしたりはしませんよ。だが、本当にそうなんですか？」

「本当だ。なんなら、あんたも撃ち殺してやろうか？」

「驚いたな。否定しないんだ。どうしてなんです？」

「何がだ」

下田は顔を近づけて声を低くした。

「どうして佐伯さんは、まるで親の仇みたいにヤクザを殺して歩くんです？」

「親の仇だからさ」

下田は、冗談と受け取り、にやにやと笑った。

「まあ、でも、それも、もうじき終わりだ。正確に言うと今月いっぱい……」

佐伯は、あら煮に入っている大きな大根を割り箸《ばし》で割っていた。下田は表情を変えない。だが、驚いているのは確かだった。

今日もらった辞令のことを、その夜にはもう知られているのだ。

佐伯は箸の先を見たまま静かに言った。

「もし、今夜、俺がヤー公に襲われたら、おまえが情報を洩《も》らしたせいだと考えるからな。そう思え」

下田は席を離れた。

2

佐伯は地図を見ながら、教えられた住所を探して歩いていた。刑事をやっていたので、こういうことには慣れている。

そこは永田町《ながたちょう》で、日枝《ひえ》神社のちょうど裏手だった。

永田町は、国会とそれに付随する諸機関、そして首相官邸や多くの大使館を持つ、超一等地だ。

北は紀尾井町《きおいちょう》、平河町《ひらかわちょう》、隼町に接し、北東は皇居の桜田濠《ぼり》に面している。南東は霞ケ関に接しており、南西側のむこうは赤坂だ。

内堀通り、外堀通り、六本木通り、青山通りの四つの大きな通りに囲まれた一角で、有楽町線、丸ノ内線、千代田線の三つの地下鉄の駅がある。

坂が多く、歩き回るには難儀する土地だ。国会や政府の建物が多いため、空間を贅沢《ぜいたく》に使っており、広々とした感じがする。

人の動きもあまり込み入った感じはしない。そして、国有地が多いせいか古い建物が多い。

佐伯が訪ねあてた建物も、古いビルだった。壁はくすんだ灰色で、出入口が狭かった。気やすめ程度のポーチがあり、古い真鍮《しんちゅう》のバーの取っ手がついた観音開きのドアがある。

ドアはやはり古い真鍮製で、縦に細長いガラスの窓がそれぞれ四つついている。ドアを押して入ると、すぐ右手に管理事務所の窓口がある。窓の枠は、若草色のペンキで塗られている。

驚いたことに、床は本物の大理石のようだった。

もっとも、数歩も歩けば壁に突き当たるくらいに狭い玄関だ。広くて天井の高いロビーを持つ最近の新しいビルとは比べるべくもない。

壁に突き当たって右手が階段、左手がエレベーターだった。

ビルの名はハラダ・ビルだ。『環境犯罪研究所』はこのビルの三階だった。

エレベーターはひどくのろかった。エレベーターのドアが開くと、そこは狭いホールで右手に窓があった。黄色く変色したガラスから、乾いた陽光が差し込んでいる。

そういえば、玄関にもわずかに日が差していて、全体にビルのなかが、セピア色を帯びているように感じられる。

左手にドアがあった。

佐伯は、ノックしてからドアを開けた。

五坪ほどの部屋の中央に、机がふたつ。向かい合わせに置かれていた。

机の上には、コンピューターが載っている。

右手前にコピー機があり、そのとなりにモニターがついた、得体の知れない機械があった。

その機械のむこうに木製のドアがある。ノブは古いタイプの真鍮製だ。

このビルの持ち主は、新しい材質のすぐれたものを知らないのだろうか――佐伯は思った。

――あるいは、趣味なのかもしれない。

部屋の右手には給湯コーナーと、トイレらしいドアがある。

向かい合わせに置かれた机の佐伯から見て右側のほうに、若い女性がすわっていた。

年齢は二十歳から二十五歳のあいだ。身長一六〇センチ前後。中肉中背。

彼女は立ち上がり、当たりは柔らかいがあまり親しみの感じられない口調で尋ねた。

「何かご用でしょうか？」

佐伯は、値踏みするような眼つきで、彼女を見ながら、辞令と書かれた紙を差し出した。

女性が最もいやがる眼つきだ。だが、彼女はまったく気にした様子もなく、紙を手に取って見た。

彼女は、佐伯にほほえみを見せた。

そのとき、佐伯は初めて、彼女がたいへん美しいことに気づいた。佐伯も緊張していたのだ。ここが新しい職場となるのだから、それも当然だった。

「あなたが佐伯さんでしたか。お待ちしておりました。私はここの職員で、白石景《しらいしけい》子《こ》と申します。おふたりのアシスタントと考えてくださってけっこうです」

「おふたり？　それはどういう意味ですか？」

「あなたと所長のおふたりです」

「その他の人間は？」

「いませんわ」

「いない？」

「この研究所のメンバーは、全部で三人というわけです」

佐伯は、言うべき言葉が思いつかなかった。

白石景子は、優雅に腰を振りながらハイヒールの踵を鳴らして部屋の奥へ進んだ。秘書という言葉からイメージされる女性をそのまま実体化したようだった。

彼女は部屋の左側のドアのまえに立ち、言った。

「所長を紹介します。こちらへどうぞ」

佐伯はドアに近づいた。

白石景子は、大きな音で二度、ノックをした。

「どうぞ」という声が聞こえる。

「失礼します」

白石景子はドアをあけた。「佐伯涼さんがお着きになりました」

「そう」

所長とおぼしき男は、佐伯に横顔を見せていた。

部屋の一番奥に窓を背にしてすわる形で、机が置かれている。

机はL字形をしていて、彼は、自分の右側の出っ張った部分にあるコンピューターのディスプレイを見つめているのだった。

しきりに、キーボードのキーを叩いている。

佐伯は所在なくなり、となりの白石景子を見た。彼女も佐伯を横目で見上げ、含み笑いをした。

佐伯は、開いたままのドアをノックした。

所長らしい男は、ディスプレイを見つめたまま反射的に「どうぞ」と言った。

佐伯はあきれて言った。

「パブロフの犬か？」

「え……？」

机の男は初めて佐伯たちのほうを見た。目をしばたたいている。

「忙しいのなら出直しますが」

所長らしい男は、椅子を九十度回して正面を見た。彼は、立ち上がった。

「これは失礼……。ちょっと、調べ物に夢中になっていまして……」

彼は右手を差し出した。「『環境犯罪研究所』所長の内村尚之《うちむらなおゆき》です」

佐伯は一瞬戸惑った。

異動の挨拶で握手を求められたことはこれまで一度もない。彼は、新しい上司のやりかたに従うことにした。内村の手は意外に力強かった。

内村は白石景子にうなずきかけた。白石景子は部屋の外に出てドアを閉めた。

続いて内村は、机の斜め前方に置かれている応接セットのソファを佐伯にすすめた。テーブルが小さい安物の応接セットだった。内村はこうした調度にはさほど関心がないようだった。

佐伯が腰を降ろすと、内村も椅子にすわった。彼は、記憶をまさぐるように、目を閉じて考え考え言った。

「ええと……。佐伯涼さん。三十五歳。警視庁での階級は巡査部長……。身長一八〇センチ、体重七〇キロ――間違いありませんね」

「ええ……」

「刑事部捜査四課に勤務されていた。独身。巡査部長というと、どの程度の階級なのですか？」

「役職と階級は必ずしも一致しませんがね」

佐伯は長年の習慣で相手を観察しながら言った。「各課の主任クラスです。本官も主任でした」

「主任？」

「捜査主任――デカ長です」

内村はうなずいた。

「今度はこちらからうかがわせてもらえませんか」

佐伯が言った。

「かまいませんよ」

「ここはいったい何なのです？」

内村は奇妙な表情をした。まるで知らない外国語を聞いたときのようだった。

佐伯はもう一度言った。

「『環境犯罪研究所』というのは、何をするところなのですか？」

「環境犯罪の研究です」

「都の役所なんですか？」

「いいえ……。政府の外郭団体と考えていただければけっこうです。正確に言うと環境庁の下部組織になりますが……。あの、そういった説明はまだ……？」

「ここで聞けと言われました」

「そうでしたか。それは申し訳ありません」

内村はそこで話を区切り、黙って佐伯を見ていた。佐伯はその沈黙の意味がわからず居心地が悪くなってきた。

「説明してくれないのですか？」

「何をです？」

「ここがどういうところか、です」

「質問をさせてくれと言ったのはあなたです。どんなことでも、こたえられる限り、おこたえしますよ」

　会話が嚙み合っていない、と佐伯は思った。佐伯はいら立ちを覚え、彼には珍しいことだが、感情を表に出した。

「いいですか？　俺にはまったく訳がわからないのですよ。俺は警察官だった。それも、暴力団相手の刑事です。それが、どうして環境を云々《うんぬん》する研究所なんかに出向させられたのです？　研究ですって？　研究なんて言葉は俺の人生とは無縁なんですよ。だいたい、俺は警察官だったが、環境犯罪などという言葉は聞いたことがない」

　内村は静かな眼差しで佐伯を見ていた。

　佐伯は気づいた。彼は内村のペースに引き込まれていたのだ。尋問のプロである刑事としては考えられない失態だった。

　佐伯は、ほんの一瞬ではあるが、見苦しく興奮した自分を恥じた。

内村はほほえんだ。

「環境犯罪というのは私が作った言葉ですからね。つまり、環境汚染あるいは環境破壊といった事柄に関連した犯罪行為のことです」

彼は、再生紙で作ったホルダーにはさんだ資料を、ファイリング・キャビネットになっている机の引出しから取り出した。

それを佐伯のほうに差し出す。

佐伯は、立ち上がり、そのホルダーを受け取ると、ソファに戻って開いた。

新聞記事のコピーが束ねてあった。ほとんどが、廃棄物、特に産業廃棄物に関する記事だった。

佐伯はそういう話には興味がなかった。しかし、記事をあらためて読むと驚かざるを得なかった。

平成元年の一年間に不法投棄されたり無許可で処理された産業廃棄物は、警察に摘発された分だけでも、全国で推定八十六万九千二十トンにのぼるという。

産業廃棄物の不法投棄に限らずに、ごみ全体を見ると、さらに、絶望的な数字が並んだ。

厚生省の調査によると、日本の廃棄物の年間排出量は、家庭やオフィスから出る一般廃棄物が四千八百万トン、産業廃棄物が三億一千二百万トンにもなる。

このままいくと、一般廃棄物については、あと十年で、産業廃棄物については、何とあと一年半で最終処分場が満杯になるというのだった。

特に、関東圏では、あと半年で最終処分場があふれてしまうのだ。

佐伯は次から次へと記事のコピーを読み進んだ。

埼玉県朝霞市新河岸川河川敷に、トリクロロエチレンや毒性の強いＰＣＢを含む廃液が詰まったドラム缶が大量に埋められていた事件。

都内やその周辺の化学工場などから出る廃油をドラム缶に詰め、福島県いわき市の廃鉱などに不法投棄した事件。

都内で出た建築廃材、プラスチック廃材など約三千トンを、栃木県の畑に、無許可で埋め立て処分した事件。

そういった記事がきりがないくらいにとじられている。

佐伯は顔を上げた。内村と眼が合った。内村は眼鏡をかけている。その奥の眼は、全体の印象に比べ、おそろしく冷酷に感じられた。だが、その印象は一瞬にして消え去った。

内村は、すぐにおだやかな感じを取り戻して、静かに言った。

「産業廃棄物の不法投棄者は、検挙されても略式起訴による二十万円前後の罰金刑がほとんどで、違反して罰金を払っても、捨てたほうがもうかるというのが現状なのです」

「悪質な場合は、略式起訴ではなく、送検されるはずですが？」

「そういう例もありました。しかし、私が記憶している限りでは、懲役六か月、執行猶予三年というのが最も重い刑だったのです」

「たしかに軽い。だが、言ってみりゃ、ごみを捨てただけだ……」

「その、捨てられたごみが、これまでどれくらいのことをしてきたか、ご存知ないのですか？


新日本窒素の工場廃液に含まれていた有機水銀が原因となった水俣病。昭和電工鹿瀬工場の廃水中の有機水銀による、新潟水俣病。ＰＣＢによる新生児油症。三井金属鉱業神岡鉱業所のカドミウム汚染によるイタイイタイ病――こうした事件は、訴訟に持ち込まれたわけですが、いわゆる公害訴訟というのは、たいていは因果関係を立証できずに終わります。原告が勝訴するにしても、訴訟には長い年月と莫大な費用がかかるのです。そして、勝訴したとしても、病気に苦しむ人々の症状が癒《い》えるわけではありません。ましてや、死んでいった人々が生き返るわけでもない

「……」

「それで……？　この研究所はこういう新聞記事の切り抜きを集めたりして、いったい何をしようというのです？」

「心ない人々による日本列島の汚染や自然破壊を少しでも少なくしようというのが、この研究所の目的です」

「俺は役に立てそうにないですね」

佐伯はホルダーを閉じて立ち上がり、そのファイルを内村の机に置いた。「俺はエコロジストじゃない。そりゃ、自分の住んでいる日本列島、ひいては地球がどうなるかということには多少の関心があります。だが、それだけです。俺がなぜこの研究所に出向させられたか、まったくの謎ですね」

「最近、産業廃棄物の不法投棄の陰に暴力団の姿がちらちらしていましてね」

佐伯は机のまえで立ち尽くした。

彼は立ったまま、内村の顔を見つめた。眼鏡の奥の眼が再び怪しげに光った。

佐伯は、とらえどころのない内村の正体にようやく気づき始めていた。

(この男は、とんだ食わせ者だ)

世間知らずの学者然とした表の顔は、他人を油断させるためのものだ。他人を優位に立たせておいて、裏でしたたかな計算を続けているに違いなかった。

佐伯は用心深く言った。

「だから何です？　やつら、金になりそうなことがあれば、どんなところにでも首を突っ込んできますよ」

「私は、特に悪質な環境破壊者を独断で処分していい権限を与えられました」

内村はいきなり核心に触れてきた。これも内村の話術のひとつのようだ。彼の計画はうまくいき、佐伯は言葉を失った。

「悪質な環境破壊の陰に暴力団がいるというひとつのパターンが見えてきたとき、私は、警察とは一味違った、強力な味方が必要だと考えたのです」

内村は説明した。「そして、さまざまな面から検討した結果、あなたのプロフィールがはじき出された、というわけです」

佐伯は、怒りを覚えた。最初、なぜかはわからなかったが、やがて気づいた。内村はやってはいけないことをやろうとしている気がした。

人が勝手に人を裁くわけにはいかないのだ。

「そりゃ、私刑《リンチ》だ。犯罪行為だぞ」

佐伯は机に両手をついて内村に迫った。

内村はまた例の、まったく理解できない、といった表情で佐伯を見た。

「あなたの言葉とも思えませんね。佐伯さん。あなたは、これまで、何人の暴力団員を殺してきたのです？」

「すべて正当防衛、あるいは緊急避難だよ」

佐伯の言葉に力はなかった。彼は思わず眼をそらし、体を引いていた。

内村はあくまでも静かに言った。

「自然は、正当防衛をする手段も持っていなければ、緊急避難することもできないのですよ」

佐伯は歩き回りながら言った。

「しかし……。さっき、あんたが言った、公害――ありゃ、高度成長のツケだろう。高度経済成長の後ろには国の政策があったはずだ。いわば、公害は国が作り出したと言っていい。産業廃棄物の問題だってそうだ。自治体や国の政策があまりにおそまつだから、こういうことになったんだろう。企業としては捨て場所のないごみをかかえて四苦八苦しているはずだ」

「厚生省ならびに環境庁が、制度や法の改正を急ぐよう、各方面に働きかけています。私たちの研究所の任期はそう長いものではないはずです」

「どういうことだ?」

「過渡期を乗り切るための暫定的な措置——そう考えてください。多少、思い切ったことをやる組織ではありますがね……」

「過渡期……」

「そう。いずれ、廃棄物処理法は改正され、ごみ処理のための設備が急ピッチで建造されるでしょう。私たちは、それまでの存在なのですよ」

「だが、検挙は警察にまかせるべきだ」

内村は悲しげな顔になった。

「残念ですが、すでに状況はそれほど楽観視できるものではないのです。暴力団がからんだ場合、手口はますます悪質に、しかも巧妙になってきています」

内村はわずかだが身を乗り出して、語気を強めた。

「いいですか? 時代性と未来を鑑《かんが》みれば、環境犯罪は、たいへんな凶悪犯罪なのです。多くの人々を苦しめ、なおかつ、未来の罪もない人々に絶望をもたらす。だが、明治に作られた刑法によってしか人を裁けない世の中では、もはやその凶悪犯に対処することはできないのです」

「だめだ」

佐伯は言った。「そんな話には乗れない」

内村は大きく深呼吸してから言った。

「いえ、あなたは私とともに戦ってくれるはずです。この話は、本来ならばしたくなかったのですがね」

佐伯はゆっくりと内村のほうを向いた。

3

「何の話だ？」

佐伯は今にも噛《か》みつきそうな顔で内村を睨みつけ、うなるように言った。

数えきれないほどのチンピラどもを震え上がらせてきた眼つきだ。

だが、内村はいっこうにひるんだ様子を見せなかった。佐伯が考えたとおり、見かけよりずっと肝がすわっている男のようだった。

「あなたは暴力団を憎んでいる。もちろん、暴力団員を好きだという一般市民などいません。だが、あなたの場合は、そういった感情では片づけられない。ヤクザたちを、心の底から憎みきっている」

佐伯は黙って内村の話を聞いている。内村は続けた。

「あなたが、暴力団員に対してまったく情け容赦ない仕打ちをするのは、警視庁内では有名でした。一部のマスコミ関係者も知っていました。捜査四課の刑事さんが荒っぽいのは知っています。でもあなたのやりかたは、その刑事さんたちが話題にしたがるほど常軌を逸していたわけです。なぜだろうと私は考えました。何か、理由があるに違いない、と……」

佐伯の眼光から迫力が失せていった。彼はソファに戻って、ゆっくりとすわった。もう内村を見てはいなかった。彼は、指を組んだ自分の手を見つめていた。

さらに、内村の話が続く。

「私は調べてみることにしました。調査にはそれほど時間はかかりませんでしたよ。理由はすぐにわかりました。あなたのご両親を死に追いやったのは暴力団だったのですね」

佐伯はうつむいたまま言った。

「親父は、ある古武道の師範であると同時に、その古武道に伝わる治療術を使った施術師でもあった。古武道の師範じゃ食っていけないからな……。わが家の収入は、ほとんどその治療で稼いでいた。整体術の一種だ。その親父が、あるときから、ブラック・ソサエティーのボディガードのような真似を始めちまった。おふくろが面倒な病気にかかっちまってね。血液の癌なんだが……」

「ヤクザの用心棒は金になったのでしょうな……。やつらは弱味につけ込むのがうまい。結局、あなたのおとうさんは、抗争に巻き込まれて亡くなられた。治療費の目処《めど》が立たなくなったおかあさんも、やがては病院を出なくてはならなくなり……」

「死んだ。俺が高校生のときだ」

「そして、あなたは警察官になった……」

「勘違いしてもらっちゃ困るが……。俺は、私怨でヤクザを取り締まっていたわけじゃない。ああいうやつらがのさばっていると、俺のような目にあう人間がどんどん増えることがわかりきっているからだ……」

内村はうなずいた。

「わかっていますとも。それと、あなたの血筋」

その一言は、佐伯に劇的な効果をもたらした。彼は、まったく無防備に、驚きを露《あら》わにした。

口もとはゆるみ、目は見開かれている。

「……何を……言ってるんだ……？」

「あなたの家に伝わる武術が手がかりでした。『佐伯流活法《かっぽう》』というのだそうですね。私は、それを頼りに、あなたのご先祖が氏子となっていた神社や、壇那寺《だんなでら》を訪ね歩いたのです。私は奈良県まで行くはめになりましたよ」

佐伯は、すっかり毒気を抜かれ、おとなしくなってしまっていた。

この男はとんでもないやつだ――彼は、心のなかで、ぼんやりとそんなことを考えていた。

「あなたは、おそらくあなたの一族に脈々と流れ続ける血筋を呪《のろ》っていたのでしょう」

「俺がどんな血筋を受け継いでいるというんだ？」

「暗殺者の血筋です」

「くそっ……」

佐伯のなかで、一度しぼんだ怒りが一気によみがえってきた。「何でもお見通しというわけか。そのとおりだ。俺の親父が、ヤクザと関わりを持つには、それなりの理由があった。親父は、治療院を始めるまえに、金で人殺しを請け負っていたことがある。戦後のどさくさの時代だ」

内村はうなずいた。彼は佐伯の話を引き継いだ。

「あなたのおじいさんは、旧陸軍の特務機関に所属しており、暗殺を専門としておられた……。『佐伯流活法』がおおいに役立ったわけですね。だが、本当は、その『佐伯流活法』のせいで、そうした仕事に就かねばならなかったとも言える……」

「本当にそこまで知っているのか？」
「知っています。佐伯姓の人は日本に多くいますが、あなたの家は特別なはずです。『佐伯流活法』が伝わっているという事実が、特別であることの証拠です。あなたは、歴史上で最も有名な暗殺者、佐伯連子麻呂《さえきのむらじこまろ》の子孫なのですね」

六四五年六月十二日、時の権力者だった蘇我入鹿《そがのいるか》が飛鳥板蓋宮《あすかいたぶきのみや》で暗殺された。翌日には、入鹿の父蝦夷《えみし》が自害し、蘇我本宗家が滅亡する。

この蘇我入鹿暗殺が大化の改新の口火となるのだ。

入鹿暗殺は、宮殿での三韓上表文《さんかんじょうひょうぶん》奏上を口実におびき出し、石川麻呂《いしかわまろ》が上表文を読んでいるあいだに、佐伯連子麻呂と葛城稚犬養連網田《かづらきわかいぬかいのむらじあみだ》のふたりが斬りかかる、という計画だった。

ところが、ふたりは入鹿殺害をためらい、ひるんでしまった。見るに見かねた中大兄《なかのおおえ》が声を上げて飛び出し、それを合図に四人がかりで目的を達したと伝えられている。

佐伯連子麻呂は、入鹿暗殺と同じ年に起こった古人大兄《ふるひとおおえ》謀反事件の際にも刺客として働いている。中大兄の命を受け、阿倍渠曾倍《あべのこそべ》とともに兵を率いて出向き、古人大兄とその子を斬殺したのだった。

佐伯連子麻呂は、蘇我入鹿暗殺後、その功績を認められ、優遇された。当時、目ざましい功績に対して功田《くでん》と呼ばれる田が賜与《しよ》されたが、子麻呂には、一般の臣下にしては破格といえる四十町六段もの功田が与えられた。

また、六六六年三月、子麻呂は病気になり自宅療養していたが、当時皇太子であった中大兄が、彼の家まで見舞いに出かけたという。

さらに、子麻呂が世を去ると、中大兄は『大錦上』という冠位を贈った。これは、後の正四位に相当するたいへん高い位だった。

しかし、中大兄は、これほど厚遇をしておきながら、佐伯連子麻呂を官僚として重用しなかった。佐伯の一族は、そのまま子麻呂の死とともに、歴史の陰に葬り去られるのだ。

中大兄が子麻呂を要職につけなかった理由に、民族問題が上げられるかもしれない。

当時、朝廷の官僚は、ほとんどが大陸系のエリートで占められていた。後に藤原氏となる中臣鎌足《なかとみのかまたり》の一族などはその代表だ。

一方、佐伯氏の役割は、佐伯部を統率して宮廷警護を行なうことだった。この佐伯部というのは、蝦夷《えみし》の民なのだ。

この場合の蝦夷というのはアイヌ民族のことではない。大陸から、大和朝廷を起こした民族が侵略してくる以前から、日本列島にいた先住民族のことだ。

佐伯連子麻呂は、蝦夷の血を引いていたに違いない。

佐伯涼は、口を真一文字に結び、驚きと怒りを感じながら内村所長の顔を見つめていた。

今や内村だけがしゃべり続けていた。

「佐伯連子麻呂というのは、今で言えば、皇宮警察の本部長みたいなポストにいた人でしょうか……。中大兄は、蝦夷の民の懐柔策にうまく子麻呂を利用していたのかもしれませんねえ。佐伯連は、歴史上から姿を消すわけですが、もちろん滅んだわけではない。その血筋は、独特の体術とともに伝わっていくわけです。その体術が、武術と医術を合わせ持った『佐伯流活法』というわけですね。

私はこの話を調べていて、おもしろいことに気がつきました。佐伯連というのは、全国の佐伯氏を統率していた本家なわけですね。そして、讃岐の佐伯氏から、あの空海が出ているのですね。空海の出家の動機は熾烈《しれつ》な門閥争いに耐えかねたことだと言われていますが、決して出世はできない民族に生まれたことを悔やんだのかもしれませんねえ……。あるいは、本家が代々血塗られた職に就かざるを得ないことを知っていて、悩んだのが本当の理由なのかもしれません。そう。佐伯連子麻呂の子孫たちは、その体術を利用して、謀殺、暗殺といった政治の暗部を引き受けるしか生きる道がなかった——そうですね」

佐伯は、話を聞いているうちに落ち着きを取り戻した。

すべてを知られているという諦めに似た気持ちが幸いした。彼は、徐々にだが、本来の姿に戻りつつあった。

「正直言って驚きましたよ」

内村の話はさらに続く。「あなたのおじいさんやおとうさんが、暗殺を仕事としていたのは偶然ではなかったのですね。そうした血脈の影響があったわけです。血の呪縛とでもいいましょうか……。あなた自身もその点は同じでした。あなたが警察官となったのは、公然と暴力団とやり合うためだ。そして、密かにあなたは、警察という隠れ蓑《みの》を利用してヤクザの暗殺——ヤクザ狩りを続けていたわけです」

「なるほど……」

佐伯は言った。「そこまで知られているのなら、何を言っても無駄だな……」

「そうです。立場が多少変わるだけなのです。やっていただく仕事の内容は、あなたが今まで隠れてやってきたことと変わりはありません」

「断われば、その話を警視庁《ホンブ》の警務部あたりへ持って行って、俺をクビにしちまうこともできる、と……」

「おっしゃるとおりです」

「銃がない。警視庁で取り上げられちまった。暴力団を相手にするには、ひどく心細いんだがね……」

「私は『佐伯流活法』が、拳銃の分を補ってあまりある、と期待しているのですが……」

「俺の席はどこだろう？」

内村は、電話に手を伸ばし受話器を取った。内線のボタンを押して、白石景子に命じた。

「佐伯くんに、事務所の設備の説明をしてさしあげてください」

白石景子の向かいが、佐伯の席だった。『環境犯罪研究所』にはメンバーが三人しかいないのだから、当然だった。

「コピーの脇にある機械は何だい？」

佐伯は尋ねた。

「レーザー・ファイリング・システム」

「何だって?」

「レーザー光線を利用するコンパクト・ディスクというのはご存知ですね。そのコンパクト・ディスクにデータを入力したり、検索したりする機械です。つまり、コンパクト・ディスク一枚が、ファイリング・キャビネットに当たるわけです。コンパクト・ディスク両面にA4で約一万枚のデータが入力できます」

「どうやるんだ?」

「簡単です。コピーを取るのと同じですから。そのうち、詳しく説明しますわ」

佐伯はそのときになって、事務所のなかにファイリング・キャビネットなどが見当たらないのに気づいた。

「なるほど、ペーパーレス・オフィスというわけか……」

「所長のポーズに過ぎませんわ、環境庁に対する」

あの男のやりそうなことだ、と佐伯は思った。

佐伯の先祖は奈良の出だが、祖父の代から東京に出てきて、文京区の根津《ねづ》に居を構えた。

両親が死んでから、その家は親戚が管理し、佐伯涼は、その親戚に育てられた。今でも書類上は、涼が家を相続したことになっている。

しかし、彼は、そういったことには興味はなかった。これまで自分を育ててくれた親戚に、このまま譲ってしまってもいいと思っている。

根津の家には、現在、その親戚の一族が住んでおり、佐伯涼は世田谷区用賀でマンション住まいだ。

『環境犯罪研究所』での初日の勤務は、午後五時半に終わった。普通の役所なら、顔合わせの懇親会でも開くところだが、所長の内村は、まったくそういうことに興味がなさそうだった。

佐伯も面倒なつきあい酒は好きではなかった。

マンションの一階は駐車場になっている。玄関は駐車場の奥にある。

佐伯が駐車場を突っ切ろうとしていると、左手のＢＭＷの陰から黒い影が湧き上がった。彼は、それを視界のすみにとらえ、身構えた。

その人影は一気に間を詰めてきた。

刃物を持っているに違いない、と佐伯は咄嗟《とっさ》に思った。佐伯は、地面に身を投げ出して相手の体当たりをかわした。

すぐに起き上がる。

柱の陰から別の影が現れた。街灯の光が、一瞬反射した。その影は、やはり冴えざえと青白く光る刃物を手にしている。

突っ込んできた男は牽制だ。

第二の男のほうがずっと喧嘩《けんか》慣れしていることがすぐにわかった。その男はほとんど足音を立てず、滑るような足運びで近づいてきた。

匕首《あいくち》を持つ手に余裕が見て取れた。

刃物を持った敵をふたりも相手にするのはあまりにも不利だった。

匕首がまだ届きそうもない距離から、相手は大きく匕首を振ってきた。

佐伯は、背広の袖口を切り裂かれて、はっとした。相手は、最も近くにある動脈を狙っている。手首の動脈だ。

通常人間は、攻撃されると、咄嗟に手で身をかばおうとする。手首がさらされるわけだ。とても体に刃先が届きそうにない距離でも、手首にならたいていは届く。

その距離だと、人はまず油断する。今の佐伯がそうだった。

恐怖で、気が上体のほうに上がってしまっていたが、佐伯は今の一撃で、一瞬にして醒める思いがした。

気が下腹に降りてくる。

気というのは、単なる呼吸ではなく、人体に流れ、また、放出される生体エネルギーだ。

真に武術の威力を得ようとするときに不可欠な要素だ。

相手は再び滑るように近づいてくる。

佐伯は、両手をやや高く掲げて構えた。だいたい顔面の高さだ。誘っているのだ。

真白い光が一閃した。相手の刃先は鋭い。匕首が風を切る音がする。相手は佐伯の顔面の両脇にある手首めがけて切りつけた。

佐伯の上体が後方に弧を描きながら沈んだ。匕首が襲ってきたのと佐伯が上体を倒したのは同時だった。

佐伯は、左手と左足で体を支え、頭を下にし、右足を振り上げた。空手の後ろ回し蹴りのような形だが、まるで倒立でもするように、頭を下げ左手をついているところが違う。

この形だと、短い距離でも威力のある蹴りが出せる。佐伯の踵が、カウンターで相手の横面をとらえた。

したたかな手ごたえだった。顎《あご》が折れたようだった。

佐伯はもうひとりを気にしていた。

その男は、うしろから突っ込んできた。佐伯は振り返りざまに地を蹴った。踏み切った足を鋭く前方へ振り出す。

飛び蹴りだった。

飛び蹴りなどは実戦で使う技ではないというのが常識だ。宙にある状態は最も不安定だし、あまりに無防備だ。大技すぎて、予備動作も見抜かれやすい。

だが、それも時と場合による。今のように、相手が猛進してくるような場合、意表をつくタイミングで使えば、きわめて有効な技となる。

カウンターになるし、もともと大技のため決まれば威力は大きい。

佐伯は、革靴の爪先を相手の顔面に叩き込んでいた。歯が二、三本飛んだ。闇のなかで白く光って見えた。

男はそのままのけぞり、倒れた。

先に倒したほうの男が息を吹き返していた。彼は、立ち上がろうともがいていた。

佐伯は、その男に近づいた。これも、滑るような足運びだった。相手が立ち上がった瞬間を狙いすまし、まず右からてのひらで顔面を打った。

すかさず、腰を折り、体を入れ替えて左でも同様に打つ。

平手で相手の顔面や頭部を打つことを、『佐伯流活法』で『張り』と呼んでいる。拳よりもむしろ重視しているといえるほど多用される。

拳は、相手の皮膚を裂き、歯や骨を折るが、なかなか昏倒《こんとう》させることはできない。むしろ、平手で顔面や頭部を打つほうが、相手は意外に簡単に眠る。

ショックが頭蓋骨で止まらず、脳をゆさぶる形になるからだ。

素手で殴り合うよりも、ボクシングのグローブをつけて殴り合ったほうがノックアウトが多いのも同じ理由だ。

右左、さらに右と、三発の『張り』を見舞い、うまいことに、三発目は、掌底《しょうてい》の部分が相手の顎に当たった。

さきほどの、片手をついて体を支える後ろ回し蹴り——『佐伯流活法』で言う『倒れ蹴り』を側頭部に浴びて半ば朦朧《もうろう》としていた敵は、たちまち崩れ落ち、動かなくなった。

佐伯は倒れたふたりをそのままにして、部屋に上がった。

彼は、習慣で、捜査四課に電話してしまった。

かつての同僚が出た。奥野《おくの》という名の巡査長だ。相手は佐伯の声を聞いて言った。

「チョウさん。どうしたんです?」

「いや、一一〇番するつもりで、つい、そっちにかけちまってな。今、うちのマンションのまえに、ドスを持ったのがふたり倒れている」

「襲われたんですか?」

「おおげさなやつだな。俺に遊んでほしかったんだろう」

「わかりました。すぐに手配します」

「どうでもいいことだが――」

佐伯は言った。「念のために、どこの組の者か、あとで教えてくれ」

「どうするんですか?」

「見舞いに菓子折りでも持って行ってやろうと思ってな」

「無茶せんでくださいよ」

佐伯は電話を切った。

ほどなくパトカーのサイレンが聞こえてきた。

4

佐伯は、ベッドに倒れ込んだ。

切れた袖口に血がにじんでいるのに気づいた。匕首の先で切られたのだった。

本当にもう少しで、手首の動脈をざっくりと切られるところだった。そうしておいて、今度は確実に殺せる頸動脈《けいどうみゃく》や気管、心臓などを狙うのだ。

それが刃物を使うプロの手口で、西洋東洋を問わず変わらない。

血がベッドにかかった毛布を汚して、佐伯は思わず舌打ちをした。

起き上がると、背広とワイシャツをむしり取るように脱いだ。ワイシャツにも血のしみができている。

洗面所へ行って傷を見た。浅く長い傷だ。カミソリで切ったような傷は、刃物の鋭利さを物語っている。

まず傷を水で洗い、脱脂綿にオキシフルをつけ、それで傷を叩いて消毒した。オキシフルが泡立ち、傷口にしみた。

ティッシュペーパーで水気を取り、粘着包帯を張りつけた。

サイドボードに近づき、半分ほど残っているブッシュミルズのボトルを取り出した。

グラスの三分の一ほどを満たし、ベッドに腰を降ろす。一口含んで、飲み下す。素朴で豊かな香りとともに、熱さが喉《のど》を下っていく。

大きく息をつき、今度はさきほどより少し多目に口に含む。それも一気に飲み込む。

腹の底が熱くなってきた。ようやく気分が落ち着いてくる。体の内部は温まってきたが、逆に素肌が冷えてきた。

床に落ちていたバスローブを拾って羽織った。

「いろいろあった一日だったが、そうたいしたことではない」

佐伯は独り言をつぶやいた。

彼は立ち上がり、バルコニーに出てみた。駐車場は逆の方角なので、警察の処理の進み具合はわからない。

だが、彼は、警察が何をするかは知り尽くしていた。彼は、夜空を見た。晴れているが、それほど星は見えなかった。

彼はまたつぶやいた。

「たいへんなのは、これからだぞ」


佐伯は暇《ひま》をもてあまして、白石景子に尋ねた。

「俺の仕事はいつ始まるんだろう?」

景子は顔を上げて、そつのない笑顔を見せた。

「仕事はもう始まってるんじゃないのですか?」

「そうじゃなくて、俺はいつ出動させられるのかと……」

「出動?　ここは警察や自衛隊とは違います」

佐伯は、それ以上何も言わなかった。

彼女は、佐伯の本当の仕事の内容を知っているのだろうか?　佐伯は考えた。それとも、彼女は、内村が用意したカムフラージュのひとつに過ぎないのか——。

電話のベルが鳴り、白石景子が出た。

「佐伯さんにです。警視庁の奥野さんから……」

佐伯は点滅しているボタンを押して、受話器を取った。

「佐伯だ」

「ゆうべのふたりの身もと、わかりましたよ。ふたりとも、池袋の瀬能《せのう》組の組員です。片方はちょっとした大物でしたよ。若衆頭の菊池剛《きくちつよし》。もう片方は、菊池の弟分ですね。中西章次《なかにししょうじ》という男です」

「……わかった。わざわざ済まなかったな。いつか礼をするよ」

「そんなことは、いいです。それより、チョウさん、ひとりで無理しないで、何かあったら自分らにも知らせてください」

「心配するなよ」

「でも、事実、昨夜は襲撃にあわれたわけですから」

「わかった。困ったときは相談するよ。だが、おまえさんたち、本当に頼りになるんだろうな?」

「桜の代紋は伊達《だて》じゃありません」

「たのもしいな」

佐伯は電話を切った。

白石景子は、まったく電話の内容について気にした様子はなかった。

秘書の心得というやつなのだろう——佐伯は思った。

奥野が知らせてきた池袋の瀬能組を、もちろん佐伯は知っていた。組長の瀬能等《ひとし》は、先日佐伯が撃ち殺した暴力団組長と兄弟分の関係にあるはずだった。

もともとは、両方とも坂東《ばんどう》連合の若い衆だった。まさか、坂東連合の本家にまで話は及ぶまいが、それでも、多少面倒なことになりつつあるな――佐伯はそう考えていた。

坂東連合は、代表的な広域暴力団のひとつだ。

暴力団は大きく分けると、任侠《にんきょう》系とテキヤ系に分けられるが、坂東連合は、任侠系の全国組織だ。

母体は、戦後の混乱期に闇市を支配し、当時、愚連隊と呼ばれた連中をまとめ上げた、毛利谷《もりたに》一家だ。

東京の一角の地回りに過ぎなかった毛利谷一家を、急成長させたのは、他ならぬ自民党だ。

昭和三十年代、自民党の議員の何人かはおおっぴらに侠客たちと付き合っていたし、これを利用した。

共産党の躍進という政治的な難題に、当時の法務大臣、木村篤太郎《きむらとくたろう》は、任侠系・テキヤ系を集め『反共抜刀隊』を組織した。

これは約十四万人もの組織で、政治家が暴力団といかに強くつながっていたかを示す好例だ。

渡世稼業の専門家に言わせると、保守系の政治家が現在の暴力団を育てたということになるらしい。そのことを、佐伯は何度も聞いたことがあった。

暴力団は、政財界に利用され、用がなくなれば捨てられてきた、と専門筋は言う。

事実、岸信介《きしのぶすけ》首相の訪米、またアイゼンハワー米大統領の来日などの際に、ある暴力団は右翼団体として、総力を結集させたのだ。

戦後の混乱期には、当時、権力も武力もない警察に代わって、俠客たちが不良外人の制圧を実行していた。

ある組織は、竹槍部隊を組織して、渋谷署を守ったことがある。この話は、今や伝説にすらなっている。

政局や経済、あるいは思想などの面が安定してくるにつれて、政治家たちは、暴力団との関係を絶っていったのだ。

他のさまざまな悪行と同様に、暴力団も、戦後四十余年にわたって保守系政治家が作り出してきたものなのだった。

しかし――。

と佐伯は考えていた。

いくら、政治家のせいにしてみたところで始まらない。かってはどうだったかは知らないが、現在では、悪行あるところに必ず暴力団があると言われるような存在になっているのだ。

抗争は一般市民を震え上がらせ、不動産関連や債権取り立てでは、容赦なく弱い者を食い物にする。

それが現在の、暴力団の姿だ。それに対処するのに理屈はいらない。捜査四課の現場では理屈など役に立ちはしなかったのだ。

坂東連合も、今では全国二十五都道府県に百八団体、約八千人の構成員を持つ大組織だ。

事業の内容もおそろしく多様化していて、資金源の全貌をつかむのは不可能だ。もちろん、クラブ経営、ゴルフ場経営などの正規の企業活動の面と、恐喝、麻薬、売春、さらには火つけ、殺人と、犯罪的な面を合わせ持っている。

今後、どの程度の組織力で佐伯に向かってくるのかは、まったくわからなかった。瀬能組が、単独で佐伯を狙っているのか？　それとも、もっと上の組織から指令が下っているのか？

それは相手の出方を見なければわからない。佐伯は、奥野刑事が言ってくれたことを、最大限利用しようと考えていた。

一匹狼といえば聞こえはいいが、独力では絶対に組織暴力にはかなわない。今、佐伯が頼れるのは、昔の同僚しかいないのだった。


佐伯は、週刊誌を読み、あくびを繰り返して、夕方までを事務所で過ごした。向かいの席の白石景子は、せっせと、パソコンのキーを打ち、また、データを入力し、あるいは、レーザー・ファイルに書類を保存したりと、一日、てきぱきと働いた。

個人的会話はまったく交さなかった。

白石景子は確かに、誰もが認める美人に違いなかった。心が動かない男はいないだろう。

佐伯も例外ではなかった。しかし、佐伯はどうしても彼女と会話する気になれなかった。彼は正体のわからない人間とは口をきかないことにしていた。

不用意に発した一言が命取りになることもあるからだ。

この日、所長からの呼び出しも、まだ一度もなかった。

五時三十分になり、佐伯は帰り仕度を始めた。刑事時代も、よく退庁時間きっかりに警視庁から抜け出したものだ。

事件をかかえているときはもちろんそんなわけにはいかないし、机のなかには、書き上げねばならない書類がごっそりとある。

しかし、世間で思うより刑事というのは早く引き上げるものだ。

電話が鳴り、即座に白石景子が取った。

「佐伯さんにです」

「電話番くらいやらせてくれないか」

白石景子は、ほほえみを見せると、すぐにパソコンのディスプレイに眼を移した。

佐伯は電話を受けた。

「佐伯です」

「どうしちゃったの、佐伯さん。刑事、クビになったの？」

相手はすぐにわかった。ミツコという名の無職の娘だ。若者たちは、「フリー・アルバイター」なる、世界中どこへ行っても通じない言葉を使っているが、警察の台帳でいえば無職は無職だ。

「プータロー」という呼びかたのほうが、まだかわいげがあると、佐伯は常々思っていた。

「なんだ、おまえ、どうしてここがわかった?」

「警視庁に電話したのよ。そうしたら、こっちに移ったって……。電話番号を教えてくれたわ」

まさか、この調子で、ヤクザどもに、ほいほいとここの電話を教えたりはすまいな——佐伯は思った。

「何の用だ?」

「勤め始めたの。六本木のクラブよ。遊びに来てよ」

「ばか言え。六本木のクラブなんぞ、安給料の公務員が飲みに行けるかよ。一回、三万から四万も取られるのが相場だろ。ボトル入れりゃ、七、八万飛んじまう。冗談じゃない」

「新しい勤め先も、給料はよくないの?」

「六本木のクラブで遊べるほどよくはないな。その手のクラブは、不動産屋か芸能人が客筋だろう? 暴力団員も多いだろうがな」

「とりあえず、場所と店の名前、教えとくわ。気が変わったら、来てよ。久しぶりに会いたいじゃない」

「こっちはあまりそうは思わないんだが……」

ミツコは、その言葉を無視した。店は、ロアビルのそばの雑居ビルのなかにあった。名前は『ベティ』。丁寧に電話番号まで教えてよこした。

「待ってるわね」

「期待しないでほしいな」

電話が切れた。

受話器を置いて、佐伯は密かに白石景子の表情を盗み見た。女性からの私用電話を取り継いだのだが、彼女は、眉ひとつ動かさなかった。

佐伯は、小さくそっと肩をすぼめた。

内線電話のブザーが鳴り、白石景子が取る。彼女は佐伯に言った。

「所長がお呼びです」

佐伯は礼をつぶやいて立ち、所長室に向かった。

ノックをすると、「どうぞ」という所長の声がした。ドアを開けると、所長は、脇を向いて、コンピューターのディスプレイをのぞき込んでいるのではないかという気がした。

事実そのとおりだった。

「お呼びですか？」

佐伯が言うと、内村はびっくりしたように正面を見た。こうして見ていると、内村の行動は、良く言えば、自分の研究にしか関心のない学者のようであり、悪く言えば、ただの子供でしかなかった。

まったく正体のわからない男だ、と佐伯はあらためて思った。

「ああ……」

内村は思い出したように言った。「先日、渡すのを忘れていたんです」

彼は、机の一番上の引出しを開けてカードを取り出した。アメックスのゴールドカードだ。

「決済のための口座には常に百万円程度の金が入っています。警察時代と違って、いろいろ金がいるでしょう。その……よくわからんのだが、情報を得るために、とか……」

佐伯はカードを手にして、内村を見た。

「電話を盗み聴きしていたんじゃないでしょうね」

「何のことです?」

内村はきょとんとした顔をした。

佐伯はカードをポケットにしまった。

「いえ、いいんです。これはありがたく使わせてもらいます」

佐伯は踵《きびす》を返して退出しようとした。

「あ……」

内村が声をかけた。佐伯は振り向いた。

「ゆうべは物騒な目にあったそうじゃないですか？　相手は坂東連合系の瀬能組の連中だったそうですね。くれぐれも気をつけてください」

佐伯は、思わず内村を見つめていた。

内村はほほえんだ。彼はコンピューターのディスプレイを見た。

「こいつでたいていのことはわかるのですよ。警察からも情報を得てますから……」

佐伯はうなずいて、背を向けた。

彼は思った。内村は決して敵にしたくない男だ。

タキシードの男に案内されて、壁際につらなっているソファにすわった。

「ご指名のほうは？」

タキシードの男に訊かれた。佐伯は、ミツコの源氏名を聞かなかった。男に尋ねた。

「ミツコという娘《こ》はいるかい?」

「はい。しばらくお待ちください」

彼は去って行った。同じタキシードを着た別の男が注文を取りに来て、ボトルを入れなければならなかった。

しばらくして、ミツコがやってきた。ベージュのミニスカートのスーツ姿だ。

「来られないんじゃなかったの?」

「事情が変わってな」

ミツコは水割りを作り始める。

「はい。就職祝いの乾杯」

「どうした風の吹き回しだ? 勤めにつくなんて。またヒモでもできちまったのか?」

「しっ……。この店では、いちおう、お嬢さまということになってるんですからね」

「ほう……」

「もう少女Aじゃ通らなくなったしさ……。ハンパやっててもしょうがないからね」

「玉の輿《こし》でも狙おうってんだな？」

「まあね」

ミツコ――井上美津子《いのうえみつこ》は、二十歳になったばかりだった。

中学生のときから不良グループと交流を持ち、高校に入ってからは、売春、トルエンの密売、対立グループとの喧嘩とひととおりの経験をした。

色がたいへん白く、肌が美しい。父方のほうにアメリカ人の血が混じっているとかで、目鼻立ちも端正で、スタイルもいい。

たちまち、暴力団の構成員に眼をつけられ、ほどなく、いっしょに暮らすようになった。彼女が十八歳のときだった。

組にしてみれば、彼女ほどの上玉を、黙って遊ばせておく手はない。彼女は、まずクラブで働くようになり、たちまち、店のナンバーワンとなった。

彼女と暮らしていた男は、さらに欲を出し、ミツコに、ＡＶビデオに出演したり、風俗営業の店に勤めるようすすめるようになった。

彼女は十代で落ちるところまで落ちようとしていた。

たまたま、当時その組をマークしていた佐伯が、一骨折ってミツコと男を別れさせた。当初は、余計なことをするな、と佐伯に噛みついたミツコだったが、時が経つにつれ、冷静に世の中が見え始め、佐伯に感謝するようになっていった。

その後、また同じ組がミツコにちょっかいを出し始めたことがあった。それが佐伯の逆鱗《げきりん》に触れた。佐伯は、その組に家宅捜査《ウチコミ》をかけ、事実上、その組をつぶしてしまったのだ。

ミツコはそれ以来、佐伯を慕っているといってもよかった。

モデルたちが裸足《はだし》で逃げ出すほどのたいへんな美人に好かれるのは悪い気はしない。

「ねえ、今度の仕事って、何なの？」

「今までと、そんなに変わりはしないさ」

「じゃあ、頭よりも腕っぷしっていう仕事ね」

「いや、頭も使う。喧嘩は半分は頭だよ」

「まあ、それも言えてるわね」

佐伯は店内をそれとなく見回した。狭くなく広くなくほどよい空間だ。調度も上品で金がかかっている。

「六本木あたりのこういう店は、ほとんどが暴力団の資本だろう？」

「そうよ」

「ここもそうか？」

ミツコはうなずいた。

佐伯はふと気になって尋ねた。

「まさか、坂東連合系じゃないだろうな？」

「違うわよ。さ、お客さんはそんなこと気にしないで」

ミツコは手際よく水割りを作った。

考え過ぎか——佐伯は思った。

その日は十一時過ぎまで飲んだ。内村所長にもらったゴールドカードを使って支払いを済ませた。

「贅沢は心にコレステロールをつける。知ってるか？」

彼は自分自身に向かってそうつぶやき、店を出た。

5

「こんなちっぽけな仕事に、いつまでかかってんだ」

すっきりとした、一流会社の重役室といった風情の部屋のなかに、およそ似つかわしくない声が響いた。

声は、部屋の隅に置かれている応接セットから聞こえてくる。声の主は、眼を赤く濁らせたでっぷりした男だ。

ピンストライプのダブルの背広を着ている。左手首にはコンビのローレックス、右の手首には十八金のブレスレットをしている。

その向かいにすわっている男は、角刈りでたいへん体格がよかった。黒いシングルのスーツを着ている。そのたくましい体を窮屈《きゅうくつ》そうに縮めている。

「運送会社に荷物は何だと訊かれまして……」

「ばかやろう。レンタカーのトラックでも借りて、若い者《モン》使えば済むこったろうが。頭を使え、頭を」

「いや、そういうわけには……。荷の上げ下ろしには、フォークリフトなんかも使わなきゃなりませんし……。若い者で間に合わせるというわけにゃあ……」

「例えばの話だ。こういうときのために睨みを効かせてある土建屋のひとつやふたつあるだろう」

「蛭田《ひるた》……」

低い声が響いた。その声は、部屋の奥にある大きな机のほうから聞こえた。

その机は部屋の角を背にしてすわるような位置にすえられている。窓の外からは、その机にすわる人物は決して見えないように配慮されている。

「はい……」

眼がどんよりとした、太めの男がすわったまま振り向いた。

「もっと静かに話をしてくれ」

「すいません、社長。つまらん仕事で、こいつがごちゃごちゃ言うもんですから……」

社長と呼ばれたのは、泊屋《とまりや》組組長の泊屋道雄《みちお》だった。

三十七歳という若さで、坂東連合の理事を務めている。

かつては、毛利谷《もりたに》一家の青年行動隊長として大暴れした男だ。

泊屋道雄は言った。

「自分の社員教育を棚に上げちゃいかんな……」

蛭田と呼ばれたのは、会社組織の上では専務取締役、組では代貸《だいがし》を務める男だった。

彼は何ごとか感じ取って、さっと立ち上がった。ひどく危険な感じがしたのだ。

泊屋組長は、ただにこにこと笑って、背もたれにゆったりともたれているだけだ。その細められた目の奥が底光りしていたのだ。

蛭田の向かいにすわっていた男もあわてて立ち上がった。

泊屋は尋ねた。

「ちっぽけな仕事ってのは、何のことだ?」

「例のセキタ化学の工場ですよ。廃油を処理してほしいと言われましてね……」

「どのくらいの稼ぎになるんだっけな……」

「純利で三千万円……。こういった仕事は、元手がいらない代わりに、稼ぎも小さくて……」

「おいおい」

泊屋は芝居気たっぷりに言った。「そういうことを言ってはいかんな……。そういう収入の積み重ねこそ大切なんだ」

「はい……」

「問題は何だ?」

「運搬です。運送業者がごね始めましてね。不法投棄は最近、特に問題になってますんで関わりたくないと言い出したそうなんですよ」

「子供の使いじゃあるまいし」

泊屋は、低い声のままで言った。「何のために、うちが請け負った仕事だ? その運送屋は、何か勘違いしてやしないか?」

「はあ……」

蛭田は、生返事をすると舌を鳴らし、たくましい男を横目で睨んだ。

泊屋が机を叩いた。大きな音がして、応接セットのふたりは思わず姿勢を正した。

「どうなんだ、おい、蛭田。うち独特のやりようってもんがあるだろう」

「おい」

蛭田は、たくましい男に命じた。「そういうことだ。すぐに手を打ってこい」

「つまり……」

体格のいい角刈りの男は、蛭田を見つめておそるおそる尋ねた。「荒っぽいことを……」

「あたりめえだろう」

角刈りの男は、あわてて、泊屋に一礼して社長室を出て行った。

しばらくそのドアを見つめていた泊屋が言った。

「なあ、蛭田よ。近代的な企業として洗練されるのもいいが、本筋ってもんを忘れちゃどうしようもねえよな、違うか」

「おっしゃるとおりです」

「考え違いをしてるのは、その運送屋だけじゃなく、若い者のなかにもいるようだな」

「申し訳ありません。しっかり、言い聞かせておきます」

「そうしてくれ」

ドアをノックする音が聞こえた。

「はい……」

泊屋が返事をすると、さっとドアが開いて、紺色のスーツを着た秘書然とした男が顔を出した。

「瀬能興業の社長がおみえです」

「瀬能が？」

泊屋は時計を見た。「お、もう約束の時間か……」

蛭田は、出入口に向かった。

「では、私はこれで……」

「ああ……」

蛭田が出て行くと、泊屋は紺色のスーツの男に言った。「瀬能を通してくれ」

「わかりました」

一度ドアが閉じる。一分ほどしてから、ノックの音があり、ドアが開いた。

瀬能等《ひとし》が入ってきた。

パンチパーマに赤ら顔。まだ三十代半ばだというのに腹が出ている。その腹をダブルのスーツで隠していた。

きわめて押し出しの強いタイプだ。

ドアを閉めると、瀬能は言った。

「伯父貴《おじき》。ごぶさたしております」

伯父というのは、稼業の上での関係ということだ。

「おう……。元気にしとるか……と言いたいところだが、何かキナ臭いらしいな」

「はい……。その、新宿の兄弟が殺《と》られた件で相談があってやってきました」

「うん……」

泊屋は、応接セットを指差した。「まあ、すわれや」

「はい……」

瀬能が応接セットのところへ行くと、泊屋も立ち上がって、そちらへ移った。

瀬能は、泊屋が腰を降ろすまですわらなかった。

ふたりは向かい合ってすわった。泊屋がテーブルの上のケースから煙草を一本取ると、瀬能がカルチェのライターを出して火をつけた。

「実はな」

煙をゆっくりと吐き出してから、泊屋が言った。

「おまえら兄弟のところで何が起こってるのか、俺は詳しく知らんのだ」

「お話しします」

「ああ……」

「兄弟のところが、警察《ヒネ》の家宅捜査《ウチコミ》くらいまして……」

「どこかのガキが、事務所に一発撃ち込んだってことだな……。それで武器集めとったんだろ?」

「……そんときに、兄弟や組の連中が、その拳銃《チャカ》で抵抗したというんです。警官隊と撃ち合いになって、兄弟は死んだということになってます」

「違うんかい？」

「撃ち合いなんぞになってやしません。言ってみりゃ、殴り込み――出入りですよ」

「誰が殴り込んできたというのだ？」

「刑事《デカ》ですよ」

「刑事だと？」

「本庁捜査四課の佐伯というやつです」

「佐伯か……」

「ご存知で……？」

「噂《うわさ》くらいは聞いている。うちの系列でも、けっこう痛い目にあってるところがあるそうじゃないか。そうか。おまえのところもか……」

「兄弟分の仇《かたき》をとりに腕の立つのを送り込んだんですが……。ノされて、警察《ヒネ》にパクられました」

「おい……」

泊屋が驚いた顔をした。「いくら兄弟分がやられたからって、やけを起こしちゃいかん。現職の刑事《デカ》を襲うなんざ、無茶だ」

「それがですね、佐伯の野郎は、今では刑事《デカ》ではないんです」

「免職にでもなったのか？」

「出向で、どこかの役所の下請けに回されたと聞きました」

「ほう……」

「相談というのはほかでもありません。兄弟分を殺《と》られて、泣き寝入りじゃ、こっちの面子《メンツ》が立ちません。俺はどうあっても、佐伯の命《タマ》を殺《と》るつもりです。そこで、伯父貴にも手を貸してもらいたいんですが……」

泊屋は腕を組み、低くうなった。

「そりゃあ、身内の恥は、うちの恥でもあるわけだがな……。そいつは簡単にはいかんぞ。いいか。佐伯という刑事は、くびになったわけじゃない。あくまで出向だ。ということは、身分としてはまだ警察官《サツカン》なわけだ。警官を殺《と》っちまった日にゃ、警察《ヒネ》だって面子かけて捜査する。手助けしたとあっちゃ、こっちもただじゃ済まない」

「伯父貴に迷惑はかけません」

「そのつもりでいても、いつとばっちりがくるかわからんのだ」

瀬能等は、何か言いかけたが、その言葉を呑み込み、視線を落とした。

「気持ちはわかるがな……」

沈黙の間を置いて泊屋は言い聞かせるように言った。「面子も大切だが、少しは賢く立ち回ることを覚えなきゃだめだ。警察を敵に回して、得することなんぞ、ひとつもない。佐伯がいなくなったのなら、いいチャンスだと思って、新任の刑事を抱き込むことを考えたほうが、よっぽど気が利いている」

泊屋は目を伏せたまま言った。

「伯父貴……。俺にゃそういうまねはできない」

「時代を考えろ。そんなこと言ってちゃ、極道だって生き残れんのだ」

「佐伯だけは……、あの野郎だけは生かしておくわけにいかんのです」

泊屋は、おおげさに溜め息をついた。聞き分けのない子供に手を焼いた親のような態度だった。

「いいか、本家への迷惑も考えろよ」

「わかってます。伯父貴の話もようくわかりました。この件は、うちの組だけで片づけることにします」

「しかたがないな……」

泊屋は立ち上がって、机の脇に行った。そこには作り付けの棚がある。泊屋はしゃがんで、最下段の観音開きの戸を開けた。

なかに金庫があった。ダイヤル式の旧式な金庫だ。泊屋はそれを開けると、なかから、一万円の札束を取り出した。

金庫を閉め、棚の戸をもとどおりにすると、泊屋は、また応接セットのところへ行き、テーブルの上に札束を積んだ。

「せっかく来たんだ。持ってけ。五百万ある」

「いや……、伯父貴……」

「いいから黙って持って行け。いろいろ金がいるだろう。何もしてやれない情けない伯父の、せめてもの罪滅ぼしだ」

瀬能は、じっと札束を見つめていたが、やがて、深々と頭を下げた。

「すんません」

「いいんだ」

泊屋は、会社のクラフト封筒を持ってこさせ、そのなかに札束を詰め込んで瀬能に持たせた。

瀬能は、胸にかかえるようにして、封筒を持ち、何度か礼を言って部屋を出て行った。

ドアが閉まると、泊屋は机に戻り肘かけ椅子に深々とすわった。彼は天井を見上げてつぶやいた。

「まったく頭の悪いやつらばかりでいやになる。たった五百万程度でごたごたに巻き込まれずに済むんだ。安いもんだ」

ノックが聞こえ、ドアが開いた。さきほどの紺の背広を着た男が現れた。

「建設省の服部《はっとり》次官とお約束の時間です」

「すぐ行く。場所はどこだったかな？」

紺の背広の男は、赤坂の高級料亭の名を言った。

「そうだったな……。おい、おまえはどこの大学を出たんだっけな？」

「早稲田ですが……」

「そうか……。車を正面に回しておいてくれ」

「わかりました」

ドアが閉まった。

「頭で勝負するやつと、体で勝負するやつと、うまく使い分けていかないとな……」

泊屋は、ひとり満足げにほほえんだ。

輸送業者の中央ターミナルに、カーキ色の戦闘服を着た若者を乗せたトラックが入ってきた。

年老いた警備員がふたりいたが、なす術がなかった。

若者たちは、それぞれ手に木刀や鉄パイプを持っている。トラックが止まったとたんに荷台から飛び降り始めた。

トラックのコンテナに荷を積み込んでいた作業員たちは、一瞬、何が起こったのかわからず、立ち尽くした。

戦闘服の若者たちは、大声を上げて、近くの作業員たちに襲いかかった。

運転手や従業員は、あわてて逃げまどったが、怒号を上げ殴りかかる若者のまえに、次々と血を流して倒れていった。

若者たちを乗せてきたトラックの助手席から、泊屋の部屋で油をしぼられていた角刈りのたくましい男が姿を見せた。

彼は、泊屋組の若衆頭で、行動隊長でもある。新市《あたらいち》という名だった。

彼は、今や大騒ぎとなっているターミナルの敷地内を悠然と横切り、三階建ての事務所へ向かった。

事務所内も騒然としていた。何が何だかわからず、逃げ出していいものか、誰も決断がつかないのだった。

新市は、ドスを抜き、すぐ近くにいた女子事務員の顔めがけて一閃させた。女子事務員の頬に傷口が開き、そこから血が噴き出した。

一瞬置いて、その女子事務員はすさまじい悲鳴を上げた。新市がやったことをようやく悟ったのだ。どんなに腕のいい外科医でも、その頬の傷跡を消すことはできない。

事務所のなかは、その悲鳴のせいで即座に静かになった。

誰もが新市とその手の匕首《あいくち》に注目している。ゆっくりと一同を見回し、顔を両手でおおいすわり込んで号泣する娘を蹴り倒して言った。

「社長に用がある。社長を連れて来い」

何人かが、廊下へ飛び出して行った。ほどなく、その連中が、半白の初老の男を連れてきた。

「新市さん……」

「おう、社長。あんたが妙なことにこだわるから、このありさまだ」

社長は、頰から血を流し、人に介抱されながらも、泣き叫んでいる娘を見た。彼も泣き出さんばかりの表情で言った。

「やめてください、新市さん……」

かすかに、パトカーのサイレンの音が聞えた。

新市は窓に近寄り、外の様子を見た。十人以上の従業員が、血を流したり、妙な角度に手をひねったりして地面に倒れている。

サイレンの音を聞くと、戦闘服姿の若者たちはすぐさまトラックの荷台に飛び乗った。トラックは、パトカーが来るまえに、発進し、姿をくらました。そういう手筈になっていたのだ。新市は満足した。

「さて――」

新市は振り返り、社長に向かって言った。「社長室は三階でしたな。上で、仕事の詳しい打ち合わせをしましょうか」

そのとき、若い男が社長のまえに歩み出て、耐えかねたように言った。

「社長。こんなやつらの言いなりになることはないですよ」

その従業員は怒りに我を忘れているようだった。

「威勢がいいな。社長、いい部下を持っている」

若い従業員はさらにわめいた。

「帰れ。俺たちはどんなに脅されても、法に触れるようなことはやらない」

新市がかすかに頬をゆがめて笑った。

そのたくましい体が流れるように動いた。匕首を腹のところに構え、体当たりの要領で若い従業員の腹に突き立てたのだ。

新市がさっと離れると、血がほとばしった。

若い従業員は、手が自分の血で真っ赤に染まるのを信じられないような表情で見ていた。次の瞬間、事務所内は男女の悲鳴で騒然となった。

「静かにしろ！」

新市が怒鳴ると、若い男が声も出さず、前のめりに倒れた。

新市は、近くにあった伝票の束で匕首をぬぐった。そのまま伝票を丸めてくずかごに捨てる。

彼は、にたにたと笑いながら言った。

「どうってことねえよ。早く縫《ぬ》い合わせればな……。だが、ほら、放っておくとじきに腸がはみ出してきちまうぜ」

社長はすでに血の気を失い、涙声で言った。

「新市さん。何て無茶を」

「俺にこういうことをさせているのはあんただ。まだ分からんのか？」

「わかりました。話を聞きます」

「最初からそう言ってりゃお互いに無駄な労力をはぶけたんだ。では、三階に行こう。わかってると思うが、きょうここで起こったことは、事故だ。たぶん労働組合との交渉がこじれて、多少もめたんだ。そうだよな」

社長は社員たちに言った。

「警察には、絶対に新市さんとこの名前を出しちゃいかん」

「そう。警察がうちの事務所にこの件で現れたら、あんたらの家族をひとりずつ見せしめにさせてもらう。娘がいるならその娘を犯す。老人がいるなら、轢《ひ》き殺す。赤ん坊がいるなら、スープで煮込んで無理矢理食わしてやる。わかったな」

社長と新市は、廊下へ向かった。

6

「どう思います？」

内村所長は、ソファにすわって、新聞記事を睨みつけている佐伯に言った。

「運送会社で労使交渉のもつれがあり、重傷ひとりを含むけが人数名を出す騒ぎになった――これだけでは何ともね……」

「けが人ですがね……。大半は打撲による内出血や骨折だが、なかに、刃物によるけが人がふたりいたそうです」

「ナイフを持っているやつでもいたのでしょう」

「刃物で傷つけられたのは男女一名ずつ。女性のほうは頬をすっぱりと切り裂かれました。男性のほうは、下腹を一突きされています。命に別状はないとのことですが、どっちも、残忍な感じがしますね」

「そうして、手口が鮮やかだ……。まるでヤクザのやり口だ――こうおっしゃりたいのですか」

「意見を聞きたいのです。捜査四課の経験に照らして……」

佐伯は新聞を畳んで、内村を見すえた。

「そうですね」

佐伯は、すでに内村に対しては、はったりや隠しごとは通用しないことを知っていた。「警察は事実を隠すのが好きだ。そして最近は、記者クラブへの発表を鵜呑《うの》みにする新聞記者が多い。いや、これは、鵜呑みにせざるを得ない現状というのがありましてね……。変にほじくらない代わりに、一応納得のいく発表はする、と……。持ちつ持たれつの関係ですからね……。

で、この記事ですが、こうした新聞記事の場合、事実はこの三倍から五倍は重大だと思いますね。例えば、けが人の数が正確に記されず、数人となっています。こうした場合、十人以上はけがをしているだろうし、全治一か月以上の者も相当数いるということです」

「なるほど……」

「さらに考えれば、労働争議くらいで、そんな大事になるはずはない。つまり、考えられるのは、何者かに、この集配ターミナルが襲撃されたということだけでしょう」

「誰が襲撃したか……。それが問題ですね……」

「これだけ乱暴なことをやって、警察が発表しないのは、暴力団だけですよ。認めますよ、所長。これは、十中八九間違いなく、暴力団がからんでいる」

「どうして警察は発表しないのだろう?」

「確証が取れないのですよ。誰も暴力団がやったとは言わないでしょうからね。暴力団はそれくらい徹底して脅しをかけます。刃物傷のふたりですがね、ふたりとも、命には別状ないが、見る者を驚かせ、おびえさせるにはたいへん効果的なけがです」

内村所長は満足げにほほえんだ。そして、さらに質問を続けた。

「どうして暴力団が運送屋を襲ったりしたんでしょうね?」

「そんなこととわかりゃしませんよ。暴力団は何にだって嚙みつきます。まさに狂犬のような連中ですからね。相手が運送屋だろうが出版社だろうが驚きはしません」

「この運送屋が、ある暴力団の怒りを買うようなことをした……。それだけは確かですね」

「それだけが、確かです」

「調べてもらえませんか?」

佐伯はまた内村の顔を見つめた。

「何をです？」

「この運送業者と、どこの暴力団が関係しているのか。そして、それはどんな関係なのか――」

佐伯は慎重になった。

内村という男を信頼していいかどうかについてはまだ迷ってはいる。だが、仕事を始めてしまった以上、上司を信用しないわけにはいかないのだ。

「何か気になることでもあるのですか？」

「暴力団と運送業――この組み合わせはひとつのパターンを持っているのですよ。つまり大がかりな工業廃棄物を不法投棄する際のお決まりの顔触れなわけです」

「そいつじゃわからないのですか？」

佐伯は、所長の右脇に置かれているコンピューターのディスプレイを指差した。

「誰かがデータを入れてくれない限り、役には立ちませんよ。そして、警察も公式の記録しかインプットしません」

「つまり、俺に、公式に記録されないようなことを聞き出してこいと……？」

「かつての同僚をお訪ねになるのもいいでしょう。その運送業者に潜入するのもいいでしょう」

内村は、正面の浅い引出しから、白い封筒を取り出した。それを佐伯のほうに向かって滑らせた。

「何です、これは？」

「運輸省からの紹介状です。運送業者に就職しようとするときには、役に立つでしょう」

佐伯はソファから立ち上がり、封筒の中身を見た。最下段に、運輸大臣の角判が捺印してあった。

「いろいろなところに顔が利くのですね」

「あちらこちらに動かされましたからね」

「……といいますと？」

「ああ、言ってませんでしたっけ」

内村は、目を大きく開き、続いてしばたたいた。

「外務省に入りましてね。その後、警察庁へ移りました。事務職でしたから階級はありません。その後に、環境庁へやってきたわけです」

「ほう……」

佐伯は、官僚が次々と省庁を異動させられるのにはふたつの理由があることを知っていた。

第一は、いわゆる箸にも棒にもかからないという場合、もうひとつは、きわめて優秀な場合。

内村は明らかに後者だった。それは佐伯にもすぐわかった。刑事という職業柄、人を見る眼はある。

佐伯は、さらにもうひとつのことに気づいていた。政府が何か特別なことをやろうとするときには、必ず総理府の下に組織を置く。この『環境犯罪研究所』も総理府・環境庁の下に置かれている。

「ここには一日に一本、電話を入れてくれればいいです」

内村が言った。「顔を出す必要はありません。その代わり、必ず一日に一回は電話してください。電話がなかったときは、あなたに何かあったと判断して、救済措置をとります」

「救済措置？　いったいどんな？」

「わかりません。ケース・バイ・ケースですからね。そのときになって考えますよ」

佐伯はうなずいた。

「これが、運送屋の名前と住所、そして、主な業務内容です」

内村は、例の再生紙でできたホルダーを佐伯に差し出した。

部屋を出ようとして佐伯はふと立ち止まり尋ねた。

「このホルダー、変わってますね」

「牛乳パックなんかの再生紙です。ちなみに、このオフィスで使用している紙の約八割は再生紙です。ここだけの話ですがね、再生紙をコピーやレーザープリンターに使用した場合、フィード・ミスが出やすく、余分にゴミが出るんですがね、まあ、役所というのは、そうした実情より、再生紙を使用しているというポーズを喜ぶのですよ」

「白石さんが、そう言ってましたよ。ポーズだって」

「そう。彼女は、そういうことを充分に心得ています」

佐伯は所長室を出た。

『マルクメ運輸』とファイルには記されていた。従業員が五十人ほどの小さな運送業者だ。長距離運送が主な業務で、運ぶものは、特殊薬品や建材から、玩具にまで多岐にわたっている。

引っ越し業務にも手を伸ばしている。

が、中小企業の宿命か、経営状態は良好とは言い難かった。

社長の名は大町建悟《おおまちけんご》。六十二歳だ。

佐伯は顔を上げて、白石景子に尋ねた。

「犯罪記録は調べられるか？」

「はい」

「大町建悟、六十二歳」

「お待ちください」

彼女は、コンピューターのキーボードを叩いた。

しばらく、ディスプレイを見つめていた彼女はかぶりを振った。

「犯罪歴、ありません」

佐伯はファイルに眼を戻した。

読み終えると、ファイルを机の上に放り出し、考え始めた。

警察官の権限を剝奪《はくだつ》された自分に何ができるだろう。これまでヤクザ狩りをやってこられたのは刑事という絶好の立場があったからだ。

内村所長は、『佐伯流活法』に期待しているという。しかし、終戦直後の、腕一本でのし上がれた時代とは違う。

巨大な組織暴力に対して、武術ごときが何の役に立つだろう――佐伯は、無力感を感じていた。

しかし、やらねばならない。それが与えられた任務だからだ。今、彼が持っている力と知恵とコネクションを最大限活用する。それしかない、と彼は思った。

それでだめなら死ぬだけだ。

「出かけてくる」

佐伯は席を立った。

「お戻りの予定は？」

「わからない。ひょっとしたら、二度と戻れないかもしれない」

佐伯は白石景子の顔を見ずに言った。だが彼女が表情ひとつ変えていないことは気配でわかった。

マルクメ運輸は足立区にあった。

地元の暴力団関係の情報は所轄の刑事が一番よく知っている。

佐伯は、事件が起きたのが西新井署管内であることを確かめ、電話をかけた。西新井署には、かつて、合同捜査本部でいっしょになった刑事が何人かいる。

彼は刑事課への直通の番号をダイヤルしていた。

「はい、西新井署、刑事捜査課」

愛想のない声がした。疲れきった刑事の声だ。どこでも刑事は寝不足で疲れている。

「金子《かねこ》巡査部長をお願いしたいんだが……」

「おたくは?」

「佐伯といいます」

「ちょっと待ってください」

三分も待たされた。公衆電話からかけているので十円硬貨が落ちた。

「はい……」

さきほどより、さらに無愛想な声がした。

「金子巡査部長?」

「そうですが?」

「覚えてるかな。佐伯巡査部長だが……。捜査四課の……」

「忘れるもんか」

無愛想なしゃべりかたのまま言った。「本庁《ホンブ》、くびになったんだってな。おめでとう」

「身ぐるみはがされた。丸腰で街なかを歩くのがこんなに心細いとは思わなかった」

「……で、何の用だ？」

「マルクメ運輸の件で訊きたいことがある」

金子が妙なうなり声を上げるのがわかった。明らかに突かれたくないところに触れたのだ。

「おまえさん、もう本庁《ホンブ》の刑事《デカ》じゃないんだろ。何でそんなことを聞きたがる？」

「俺は正確に言うとくびになったわけじゃない。ある研究所に出向になったんだ」

「今、何と言った？　研究所だって？　何の冗談だ、そりゃあ」

「俺に言うな。どこかのあほうが考えついたことだ。そこの所長の命令で動いているんだよ」

「何のために」

「こっちは公衆電話でな。十円玉が心もとない。できれば会って話がしたい」

「刑事がどれくらい忙しいか知ってるだろう。そっちの都合だけに合わせるわけにはいかんな。もっとも、何か情報《ネタ》を持っているというのなら別だが……」

「うちの所長がえらく気にしているんだ」

「どこの上司も、いろいろなことをえらく気にするもんだ。ところで、何の研究所なんだ?」

「『環境犯罪研究所』というんだ。環境庁の下請けみたいなもんだが……」

「何だい、その環境犯罪ってのは?」

「環境破壊に関連する法の違反者のことだ。おおげさな言いかただがね、全人類規模で考えると、こうした犯罪が、最大の凶悪犯罪ではないか、とうちの所長は言ってる。例えば、産業廃棄物の不法投棄なんかのことを言ってるんだが……」

わずかな沈黙の間があった。やがて、金子が言った。

「気が変わった。会ってみたくなった」

佐伯は、この唐突な変化に面食らった。

「俺は何か気にさわることを言ったか?」

「……何だって? 何を言ってる?」

「刑事が会いたいと思う相手は、だいたい怪しいやつと相場が決まっている」

「そうじゃない。その環境犯罪とかいう話に興味があるんだ。署まで来てくれるか？　それとも、俺がどこかへ行こうか？」

「こちらから行く。一時間後に」

佐伯は電話を切って思った。

所長は敏感に何かを嗅ぎつけたに違いない。つまり、マルクメ運輸は、確かに環境犯罪に関係しているのだ。

西新井署の金子部長刑事が急に興味を示したのはそのせいだ。

佐伯は、ますます、内村所長はあなどれないと思うようになっていった。


職員室で教師がよくやるように、金子部長刑事は、自分のスチールデスクの脇に、となりの席の椅子を持ってきて佐伯をすわらせた。

金子は四十過ぎの、筋金入りの刑事だ。日に焼けた、なめし革のような顔に、太い首、角刈りに鋭い大きな目。結び目が垢《あか》で黒ずんだネクタイをゆるめ、ワイシャツの襟を広げている。

はすにすわって、佐伯のほうを見ている。笑顔を見せたら損をすると思い込んでいるような表情だ。

佐伯も、相手に愛想のよさなど期待はしていない。

金子が言った。

「さあ、話してもらおうか。どうして、環境庁の下請けが、運送業者の労組問題なんかに関心を持ったのか」

「俺は尋問されに来たんじゃない」

「俺はそのつもりで会うと言ったんだ」

「この俺を情報屋と間違えてるんじゃないのか？」

「間違えちゃいない。今のおまえさんは、情報屋と少しも変わらん。さあ、おいしい情報《ネタ》があるんなら、しゃべっちまえ」

佐伯は席を蹴って帰ろうかと思った。普段、滅多に表情を変えない佐伯だが、このときは、怒りのために顔色が変わるのを自覚していた。

「俺はあんたをぶん殴って、ここから出て行きたい」

「ばかを言うんじゃない。警察《PS》署内で刑事殴って、無事に出て行けると思ってるのか。おまえさん、今は警察官《サツカン》じゃねえんだ」

「やりたいが、俺はやらん。あんたと話をしなければならないんだ。俺はどうしても、マルクメ運輸の話を聞かなきゃならない」

金子は、憎々しげな眼で、佐伯を見ている。佐伯は黙ってその大きな目を見返していた。

　ふたりの間には、強く帯電したような空気が満ちている。

　急に金子は頬をゆがめて笑った。笑うと印象が一変した。意外と人なつこい笑顔だった。

　佐伯にはどういうことかわからなかった。

　金子が言った。

「オーケイ。どうやら、本気のようだな。済まなかった。ちょっと試させてもらった」

　佐伯は眼をそらし、口のなかで毒づいた。

「あんた、俺が茶化しにわざわざ西新井くんだりまでやって来たと思っていたのか？」

「そうじゃないが、そちらの熱意のほどを知りたかったんだ。勘弁してくれ」

「思い出したよ。あんた、演技派だったな。だが、あと三十秒じらされたら、たぶん俺はあんたを殴っていた。あんた、命びろいしたんだ」

「おっかねえな。四課の佐伯といやあ、ヤクザ相手の大立ち回りで有名だからな。……それで、マルクメ運輸の何が知りたい？」

かどうか……」

「何もかもだ。まずは、新聞に出ていたあの騒ぎは、本当に労使交渉のもつれなの
「おそらく、おまえさんの睨んでいるとおりだよ」

「暴力団《マルB》か？」

「間違いない」

「どこの組なんだ」

「確かな情報はないが、どうやら、最近、泊屋組の若い衆が、マルクメ運輸にちょっかいを出していたそうだ」

「泊屋？　坂東連合じゃないか。地元の暴力団じゃなかったのか……」

「地元の組は噛んでないよ。そいつは確かだ」

「泊屋組か……。赤坂あたりに事務所を構えて、実業家面《づら》しているが、組長はもと武闘派だからな……」

「今度はこっちから訊かせてもらうぞ。さっきと同じ質問だ。なんで環境庁の下請けやってるおまえさんが、マルクメ運輸なんぞに興味を持ったんだ？　それも、並たいていじゃない関心を……」

「うちの所長が言うのさ。暴力団と輸送業者のつながりというのは、環境犯罪のひ

とつのパターンだ、とね」

「……なるほど……。工場の廃油とか、捨て場所に困る薬品なんかを運ばせるわけだな……」

「泊屋組は多角経営だからな。そういったことに手を出すことは充分に考えられる。マルクメ運輸を張っていれば、廃棄物処理法違反の現行犯で逮捕できるぞ」

「とかげの尻尾だ。俺が欲しいのはな、マルクメ運輸が泊屋組に脅しかけられているという確かな証拠だ」

「たまげたな。俺の目のまえに、骨のある刑事がいる。テレビドラマみたいだ」

佐伯は立ち上がった。「ギブ・アンド・テイク。これで貸し借りなしだ」

「待てよ。おまえさん。これからどうするつもりだ？」

「上司に、わかったことをすべて報告するよ」

「それだけじゃなさそうだ。俺の気のせいかな」

「あんたが気に入ったから、特別に教えてやろう。警察官《サツカン》時代にはできなかったことをやってみようと思う」

「何だ？」

「囮《おとり》捜査だ。マルクメ運輸に潜入するんだよ」

7

池袋に事務所を構える瀬能組は、縄張り内の飲食店から取り立てる金——いわゆるミカジメや、債権の取り立て、地上げなどを主な収入源にしている。

今や古典的な暴力団と言えるかもしれない。

事務所のなかも、伯父貴筋に当たる泊屋の組事務所とは対照的に、昔ながらの雰囲気を保っている。

神棚があり、赤い提灯が壁に並んでいる。

スチールのデスクが四つほど固めて置いてあり、小窓の脇に、少し豪華な両袖《そで》の机があった。それが、組長である瀬能等の席だ。

スチールの書類入れがあり、その上には、大小の刀が飾ってある。

日の丸と、紫紺の地に、瀬能の家紋を白く染め抜いた旗が並べて壁に張ってあった。

行儀見習の若者が電話番をしている。事務所では、よく電話のベルが鳴る。すぐに受話器を取らないと、上の者にしかられるので、若者は、真剣な表情で電話を睨んでいる。

暴力団の連中は、電話好きだ。外にいるときも、飲みに行っても、しょっちゅう公衆電話のところに行く。

かつては、山ほど十円硬貨を持ち歩いている暴力団員がよく目についた。テレホンカードが普及して、彼らは大いに喜んだに違いない。

さらに最近では、暴力団員たちは、携帯電話を持ち歩くようになった。携帯電話や自動車電話の普及に、暴力団員が一役買ったともいえる。

債権の取り立てや地上げには、とにかくこまめな連絡が不可欠なのだ。

今、瀬能組の事務所内は、緊張した雰囲気だった。

組長の瀬能は、机に向かっていたが、明らかにいら立っていた。

外から組員が帰ってきた。いかにも大急ぎで帰ってきたというように息を切らしている。行儀見習の若者たちがいっせいに「ごくろうさんです」と声をかけた。

帰ってきた組員はまっすぐに瀬能の机のまえへ行った。

「おやっさん。拳銃《チャカ》、そろいます」

瀬能は、身を乗り出した。

「何挺だ？」

「五挺は間違いなく手に入ります」

「フィリピン製の安物か？」

「いえ、ハワイ・ルートなんですが、何でもチェコ製だとか」

「何だ？　東欧のピストルがどうしてハワイで手に入るんだ？」

「よくわからんのですが、チェコで、輸出用の廉価版を作って、それを輸入したアメリカの業者がいるらしいんですよ」

ベルリンの壁が取り払われたことを象徴とする東欧の民主化は、さまざまな事態を呼び起こした。

西側先進国との経済的な格差は、東欧の人々にとって、今さらながらにショックだった。東欧の人々は、西側の外貨――特にドルを求めた。

チェコスロバキアやポーランドが世界に誇れるものはバレエや音楽といった芸術と、銃、特にハンドガンだ。

本来ならば、アメリカではチェコの銃は輸入できないが、それをあえてやる人間が出てきても何の不思議もない。

「何のことだかわからんが……」

瀬能は言った。「面倒なことはいい。品物はちゃんとしているんだろうな」

組員は、かかえていたセカンドバッグを机の上に置いた。重たく固いものが机の表面を叩く音がした。

「とりあえず、一挺、サンプルを兼ねて買ってきました」

「お、見せてみろ」

組員はセカンドバッグから油のしみた布にくるまれた拳銃を取り出し、そのまま、瀬能に手渡した。

瀬能は布を解いた。黒光りする拳銃が現れた。塗装はガンブルーではなく、コピーによく見られるような黒だった。

表面の仕上げも、なめらかではなく、荒い感じがする。

瀬能は言った。

「本当にこいつは安物のコピー銃じゃないんだろうな」

「見かけは悪いですがね。正真正銘の本物ですよ。実際に撃ってみましたがね。実に調子がいい」

それは、Ｃｚ75だった。九ミリ×十九――いわゆる九ミリ・パラベラム弾を使用するオートマチック拳銃だ。

マガジンの装弾数は十五発。パーツが少なく、シンプルで頑丈な作りになっている。

ダブルアクション——つまり、いちいち撃鉄を起こさなくても、トリガーを引くだけで発射できるオートマチック拳銃のなかで、Cz75が世界最高だというガンマニアも少なくない。

瀬能はそんなことは知らない。

だが、彼も、グアムやハワイへ出かけては銃に慣れ親しんでいるので、いちおうの扱いは知っている。また、銃の良し悪しもある程度はわかるのだった。

彼は、スライドを引いて、薬室弾丸《チェンバーカートリッジ》が入っていないのを確かめると、トリガーを引いてみた。

なめらかに撃鉄が起きていき、やがて、小気味よい金属音を立てて撃鉄が落ちた。

何度か、それを繰り返す。

それから、安全装置やマガジン・リリース・ボタンなどの動き具合を調べた。最後に全体のシルエットを眺めると、彼は言った。

「いいだろう。取引きしろ」

「はい」

「いくら空手だか拳法だかをやっているといっても、拳銃《チャカ》にゃ勝てまい」

「米軍のコネのほうから、プラスチック爆弾も少量ですが手に入れられますが……」

「プラスチック爆弾？」

「C－4と呼ばれている合成火薬です。電気信管をつければ時限爆弾も作れます」

「ほう……」

瀬能がふと何かを考える顔つきになった。

「そいつは気が利いてるじゃないか。そいつも手に入れとけ」

「わかりました」

組員は、再びあわただしく事務所から出て行った。

瀬能は、誰にも聞きとれぬ声でぶつぶつとつぶやいた。

「佐伯涼……。ただじゃあ、殺さんぜ」

佐伯は、一度襲撃されているので、帰宅するときも用心に用心を重ねていた。

帰り道は、なるべく前日とは違うコースを通ることにしていたし、駅からマンションまでの間で、必ず寄り道をして尾行の有無を確かめた。

暴力団と事を構えたら、どんなに用心してもし過ぎるということはない。そして、一度や二度の襲撃であきらめるような連中ではないことを、佐伯は熟知していた。

部屋のドアを開けるときも注意が必要だった。

暴力団の連中は、管理人を脅すか痛い目にあわせるかして、合い鍵を手に入れるくらいのことは平気でやるからだ。

ドアを開けたとたんに、匕首で一突きされるか、銃で撃たれればそれで終わりだ。

ドアの外にセロテープを貼るとか髪の毛をはさむとかいう古典的な安全確認の方法もあるが、相手が暴力団だと、それを逆手に取られる可能性もある。

彼らは必ず複数で行動しているので、侵入したあと、ひとりが外に残り、テープ、あるいは髪の毛をもとどおりにしてしまうことも可能なのだ。

そして、暴力団というのは、そういうことに慣れているし、妙に勘が働く手合が多い。

彼らは、まるで子供がいたずらをするように笑いながら、そうした罠《わな》をしかけるのだ。彼らは精神的に未成熟だ。

佐伯は、任侠映画や、極道を題材にした劇画を読むと、唾《つば》を吐きたい気分になった。

たいていは、極道を美化して描いている。最近では、少年誌に、ヤクザを主人公とした漫画があるのを見つけ、心底腹を立てたものだった。

そうした漫画や劇画は、ほとんどが義理人情に篤《あつ》いヤクザが、悪どいことをするヤクザをこらしめるといった内容だ。

冗談じゃない、と佐伯はいつも思っていた。子供にまでそんな嘘っぱちを教えてはいけない。

佐伯は知っていた。暴力団などみな同類だということを。義理人情に篤く弱い者を助けるヤクザなどひとりもいないということを――。

暴力団員の暴力団員たる所以《ゆえん》は、その幼児性、精神的未熟性にある。佐伯はそう確信していた。

彼らに特有の突発的な粗暴さや、自己中心性、抑制のなさなどは、すべて幼児性のせいなのだ。

佐伯は、パチンコ屋に寄った。

尾行がないことを確認するためだが、目的はもうひとつあった。

しばらく遊んで、箱の半分ほど玉がたまると、彼は、ひと握りをポケットにそっと忍ばせた。

残りを煙草に替えて店を出た。

彼は、マンションのほうへは行かず、砧《きぬた》公園へ向かった。すでに日が暮れかかっている。

佐伯は、砧公園緑地入口から入って行き、一本のシイの木に向かって立った。

シイの木までの距離は約五メートル。

佐伯はポケットからパチンコの玉を出して握った。

まず一個を曲げた人差指の腹に乗せる。まっすぐにシイの木を見つめながら、そのパチンコ玉を親指の爪の側で強く弾いた。

シイの幹が鈍い音を立てた。

佐伯は幹に近づいてみた。パチンコの玉が半分ほど木にめり込んでいる。

パチンコ玉がすさまじい力で弾き出されたことを意味している。人間に向かって弾けば、狙いどころによっては、きわめて強力な武器になる。

『佐伯流活法』の秘伝として伝わっている技で、『つぶし』と呼ばれている。

佐伯は幼いころから練習を続けていたので『つぶし』にはかなり習熟していた。

親指で鉄の玉を弾く技法は、日本少林寺拳法では『指弾』と呼び、またある中国武術の門派では『如意珠《にょいしゅ》』と呼んでそれぞれ伝えられている。

『つぶし』はそれだけではなかった。

次に佐伯はパチンコの玉を、親指、中指、人差指の三本でつまむように持ち、鋭く手首のスナップを使って投げた。

その玉は、さきほどより深く木の幹に埋まった。

佐伯が手首を返したと同時に木に命中したように見えた。それだけスピードがあるのだ。手首のスナップを使う分、親指で弾くだけよりずっと威力も大きい。

『つぶし』にはこうした技法もあるのだ。どうして『つぶし』と呼ぶかは、佐伯も知らない。

敵の目などを狙うときわめて効果的なので『目つぶし』の意味なのかもしれない。あるいは『つぶて』がいつの間にか変化したものかもしれない。佐伯はそう考えていた。

さらに、何発か『つぶし』を試した。

佐伯は、ポケットに入れていたスイス・アーミーのサバイバル・ナイフを出した。刃を起こしてパチンコ玉を木から回収すると、ナイフとともにポケットにしまった。

「しばらくやってなかったが、どうしてどうして、なかなか使えるじゃないか」

佐伯はひとりつぶやくと、帰路についた。

周囲に気を配りながら、自分の部屋のドアのまえに立つ。

ドアの脇の壁に身を寄せ、不自然な恰好で鍵を鍵穴に差し込む。耳を澄まして、なかの気配を探る。

部屋のなかに誰かがひそんでいるとしたら、鍵を差し込む音で必ず動くはずだからだ。

ドアのまえに立たないのは、鍵を差し込んだとたん、ドア越しに銃弾を撃ち込まれる可能性があるからだ。他人には見られたくない恰好だ。

その日も無事に部屋のなかに入ることができた。バスルームや寝室の様子を見てからリビング・ルームのソファに身を投げ出した。

ひとりでぼんやりと部屋のなかを見まわしていると、妙に空虚な感じがした。

彼は、いつの間にか自問している自分に気づいた。

――俺はいったい今、何をやろうとしており、それはいつまで続くのだろう――。

暴力団員たちを憎み続けるあまりに、自分も阿修羅道へ落ちたのではないか。自分の魂は救いを求めてのたうちまわっているのではないか――そんな不安が頭をもたげてきた。

彼は立ち上がり、サイドボードからアイリッシュ・ウイスキーを取り出してきた。グラスに氷を満たし、ウイスキーを注ぐ。グラスを回して酒を冷やし、ゆっくりと飲んだ。

アイルランドの酒は湿っぽい不安を追い払ってくれた。たちまち一杯をあけ、二杯目を注いだ。

佐伯は、ソファの上でリラックスしていた。彼は、飛び道具が指弾だけだと心もとない気がしていた。

『佐伯流活法』には、手裏剣《しゅりけん》術も伝わっている。手裏剣は、流派によってさまざまな形があるが、基本となるのは棒状の手裏剣だ。

変わったところでは、柳生《やぎゅう》流が十字手裏剣を使う。

十字手裏剣というと忍者を連想しがちだが、忍びの多くは十字手裏剣よりも、棒状の『くない』を多用する。

『くない』は、小刀の代わりにもなれば土を掘る道具にもなる。手裏剣にもなるという、用途の多いサバイバル・ナイフなのだ。

『佐伯流』も、棒状の手裏剣を使う。しかし、佐伯涼の部屋に手裏剣などあろうはずもない。今までは、脇の下のホルスターに、ニューナンブ・リボルバーを下げていたので、手裏剣のことなど考えたこともなかったのだ。

彼は頭をひねっていた。何か利用できる物はないか。ナイフなどを大量に買い込んだらそれだけで怪しまれてしまう。

結局、彼は自作することにした。先達たちは、皆、自分の武器を自分で作ってきたのだ。『佐伯流活法』の武器で自作できぬものはないはずだった。

彼は必要なもののリストを作り始めた。

佐伯のなかには、すでに刑事の権限を取り上げられたことへの不満も、内村所長への不信感もなかった。

彼は今、純粋に戦い、生き抜くことだけを考える手強い戦士に生まれ変わろうとしていた。

マルクメ運輸の事務所には、夜の十時を過ぎているというのに、幹部社員——書類上では取締役となっている人々が集まって、話し合いを続けていた。

主に経理を担当している、眼鏡をかけたやせ男。営業担当の恰幅のいい男。そして、業務担当の背の低い男——その三人が社長室に集まり、大町社長を取り囲むようにすわっている。

「この先、ずっと暴力団の言いなりにならなきゃならんのかね」

経理担当のやせた男が言った。「何とかならんのか。警察にたのむとか……」

「いかん」

業務担当の背の低い男があわてて言った。

「警察は、手を打つまえに、証拠を集めにゃならんのだ。その間に、今度は誰が犠牲になるか……。社員だけじゃない。その家族だって狙われるんだ。ヤクザはやると言ったら本当にとことんやるんだ。従業員たちのけがを見たろう……」

大町は何も言わず、じっと下を向いている。

「そもそも、うちがやつらの目に止まったのはなぜなんだ？」

営業担当が尋ねる。経理担当がこたえた。

「もとはといえば、うちの経営不振が原因だ。銀行からの融資も行き詰まり、民間金融に一時しのぎで金を借りた」

「それは知っている。だが、そっちの焦げつきはなかったはずだ」

「返済はした。だが、その民間金融に、社の経営状況を全部知られてしまった。そしてその金融会社が、泊屋組とつながっていたんだ。ちょうど泊屋組は、言いなりになりそうな運送会社を探していた。泊屋組の系列にも運送業や土建業をやっている会社があるはずだが、同系列だとすぐに捜査の手が伸びる。だから、まったく関係のなかったわが社に白羽の矢が立ったというわけだ」

「くそっ。運が悪いとしか言いようがないな」

「もし、不法投棄がばれたら」

業務担当が言った。「責任は全部うちがかぶるんでしょうな」

「そんな……」

営業担当は目を丸くした。「一番悪いのは、廃棄物を出したメーカーだろうが……」

「そのへんの取引ができているんだよ。でなければ、暴力団と手を組む気になんかなるもんか。暴力団も、いっさい捜査の手が伸びないようにするという条件で話を持ってってるはずだ」

全員が沈黙した。もう話し合うことはなかった。彼らは、現時点ではあきらめるしかないのだ。

社長の机の上にある電話が鳴った。

四人はびくりと顔を上げた。

大町社長が出た。

「はい」

「まだ残って仕事をしているのか。仕事熱心だな」

誰の声か大町にはすぐにわかった。泊屋組の若衆頭だ。

「新市《あたらいち》さん……」

「そろそろ仕事にかかってほしくてな……。先方は一刻も早く荷を運び出してほしいと言ってるんだ」

「待ってください」

大町は言った。「もう少し……。先日の件で、まだ警察の眼が光ってますんで……」

「ずるずると日を延ばしてると、またけが人が出るぞ」

「いや、そういうことじゃなくって……。私どもも、慎重にやりたいのですよ……」

少しだけ間があった。新市は考えていたのだろう。

「まあいいだろう。また電話する。近いうちにな……。そのときにはきょうよりましな言葉が聞けるはずだよな」

電話が切れた。社長は、受話器を置いて言った。

「やるしかなかろう」

彼は重々しい溜め息をついた。「一度言いなりになれば、骨の髄までしゃぶられるのは眼に見えているのだがな……」

三人の取締役は何も言わなかった。

8

佐伯涼は、白いボタンダウンのシャツにくたびれたブレザーを着て、同系色のネクタイをして歩いていた。

足立区西新井のあたりの地図を片手に、マルクメ運輸を探していた。集荷配送のターミナルはすぐに見つかった。

佐伯涼はこれから、失業者を装い、職を求めてマルクメ運輸を訪ねるのだ。

失業者なのだから、わざと髭を剃らず、ネクタイもせずに出かけて行ったほうがいい――そう考えるのは変装や潜入のプロではない。本気で職を求める者は、人事担当者に何とか好印象を与えようとするものだ。

金がなくても、自分が持っているもののなかで一番さっぱりと見える服を選ぶだろうし、ネクタイも忘れない。たった一本しかネクタイを持っていなくても、そのネクタイをして行くはずだ。

もちろん髭《ひげ》は剃《そ》って行く。

佐伯は刑事をやっていたので、そういうことについては頭が回った。

彼は、活気があるとはいえないターミナルを進んで、三階建ての事務所までやって来た。ターミナルに活気がない理由はふたつあった。従業員の多くがけがで休んでいるので人が少ないこと。もうひとつは、働いている従業員の表情が暗く沈んでいることだった。

事務所の一階を入ると、もうひとつドアがあり、そのなかに、役所によく見られるようなカウンターがあった。

カウンターのなかに、スチール製の机が並べられている。

「すいません」

佐伯は声をかけた。

事務仕事をしていたほぼ全員が顔を上げて佐伯を見た。

明らかに過剰な反応だ。彼らはおびえきっているのだ。暴力団に脅されている会社はだいたいこういった雰囲気になる。

佐伯は、いくつもこうした会社を見てきたのだ。

中年に近い女子社員が立って、カウンターに近づいてきた。

「何でしょう?」

「あの……。雇ってほしいんですが……」

「はあ……？」

「こちらで、働かせていただきたいのです」

「ちょっとお待ちください」

中年女子社員は、奥のほうへ行って、白髪が目立ち始めたワイシャツ姿の男に何事か伝えた。

机の位置から見て、課長だということがわかる。おそらく人事を担当している課長なのだろう。

その男が、机のところから大声で言った。

「うち、今、募集はしてないよ」

佐伯は、同じくらいの声で言い返した。

「わかってます。でも、人手が欲しいんじゃないかと思って……」

課長は、ふと表情を曇らせ、女子社員に何ごとか言うと立ち上がった。そのままカウンターのところまでやって来る。女子社員は席に戻った。

彼は、佐伯を見すえると小声で言った。

「どうして、うちが人手を欲しがってると思うんだ？」

課長は一七〇センチほどの身長だ。佐伯は一八〇センチあるから、上眼づかいに睨むような感じになる。

佐伯は刑事時代、この長身でずいぶんと得をした。容疑者を上から見降ろす形になるので、心理的に優位に立てるのだ。

「新聞で見たんですよ。労使間の交渉のもつれで騒動が起き、何人かけが人が出たっていう記事を」

「タクシー会社へ行ったらどうだ。あの業界はいつでも人手不足だ」

「口べたなもんでね」

佐伯は言った。「客を乗せるのには向いてないんですよ」

「無口なタクシーの運転手はいくらでもいる」

「せこせこと狭い裏路地を走るのが性に合わなくて……」

「今まで何をやってたんだね？」

「タクシーの運転手」

課長は溜め息をついて見せた。

佐伯はそのタイミングを見逃さなかった。内村にもらった白い封筒を取り出す。

課長はそれに目をやり、尋ねた。

「何だね、これは？」

「ある筋からの紹介状です。ちょいとコネがありましてね」

課長は封筒から紹介状を引き出して面倒臭げに眺める。その眼が一点に釘づけになっている。どこを見つめているかは、すぐにわかった。運輸大臣の角判だ。こういう会社だから、それは見慣れているはずだ。だから、本物であることもわかるはずだった。

課長は、紙を畳むと、封筒に入れ、佐伯に確認した。

「ちょっとこれをおあずかりしていいかね？」

「もちろん」

「こっちへ来てくれ」

課長は先に立って歩きだした。部屋の奥に衝立《ついたて》で仕切った一角があり、そこに小さな応接セットが置いてあった。

佐伯はそこで待つように言われた。課長は、部屋の外へ出て行った。

しばらくすると、課長は、彼より貫禄のある男といっしょに戻って来た。内村が用意した紹介状はそちらの男が手にしていた。

彼らは、佐伯の正面にすわった。

初めてふたりが名乗った。課長は相沢《あいざわ》という名で、総務・人事を担当している。もうひとりは総務部長で、松山《まつやま》という名だった。

総務部長が言った。

「この紹介状は本物だろうね？」

「嘘だと思うなら、運輸省に電話してみたらいかがです？」

「どういうコネなんだね？」

「親類縁者の関係でね……。以前にタクシー会社に就職したことがあるのもそのコネのせいです。タクシーの運転手やってたって話は……？」

「課長から聞いた。本当かね、その話も。つまり二種免許を持っているということだな？」

佐伯は財布を内ポケットから取り出し、運転免許証を抜き取って見せた。

彼は本当に、二種免許を持っていた。

総務部長は免許証をしげしげと見つめると、佐伯に返した。

「見たところ、仕事を選り好みしそうなタイプに見えるんだが？」

「見かけでよく損をするんですよ」

「履歴書は？」

佐伯は、財布が入っていたのとは逆の内ポケットから白い封筒を取り出した。市販の履歴書用紙を使って作った履歴書だった。

総務部長は開いて、ざっと眺めた。

「高卒かね？」

「そう。ここは学歴を重視するのですか？」

「する。四大卒などくそくらえと言いたい。高卒者に仕事を叩き込んだほうがずっとモノになる」

総務部長は、履歴書を見たまま言った。しばらくすると、また質問した。

「家族の欄が空白だが？」

「それが高卒の理由ですよ。つまり、働かなければならなかったもんで……」

「ご両親を早く亡くしたということかね？」

「高校のときに」

この話は事実だが、たいていの場合、目覚ましい効果を発揮した。

どんな場面でも、ほとんどの人が佐伯に同情するからだった。今も、そうだった。

総務部長は履歴書から眼を上げ、佐伯の顔を見た。

課長も、瞬時に見る眼が変わった。うさん臭げな眼つきをしていたのだが、明らかに同情し始めたのがわかる。

総務部長は履歴書を折り畳み、佐伯にではなく課長に渡した。そのことには大きな意味があった。

「実は、ある事件があって、現在、わが社は人手が不足している」

「新聞で読みましたよ。労使交渉がこじれたんですってね。だから来たのですよ」

総務部長は声をややひそめた。

「労使交渉がこじれたということは、それだけ労働条件が悪いところだ、とは考えなかったのかね？」

「頼りになる組合があるのだと思いましたよ」

総務部長と課長は顔を見合わせた。部長はあらためて佐伯の顔を見た。

「肉体労働でもかまわんかね？　荷の積み降ろしや長距離運転といった……」

「仕事は選びませんよ。言ったでしょう。見かけより苦労してるんですよ」

総務部長はさらにまた声を低くした。

「実は、わが社は労使の仲たがいどころではない面倒な問題に巻き込まれている」

「あの新聞の記事は嘘っぱちだということですか？」

「まあ、そうだ。だが、どんな問題かは言えない」

「そうでしょうね」

「そして、もし君がその問題を知っても、一切口外しないでいただきたい。どうかね。この条件が呑めるのなら、雇ってもいいが」

「考える必要はまったくありませんね。口は堅いほうなのですよ」

「いいだろう」

総務部長は立ち上がった。課長に言う。

「明日から働いてもらおう」

「どうも。感謝します」

佐伯は言った。

「感謝などしなくていいから、約束は守ってくれ」

そう言うと総務部長は歩き去った。


帰り道、佐伯は渋谷で地下鉄を降りた。日曜大工用品などが豊富にそろっている大型店に寄った。

そこで、三ミリ厚の鋼材と金ノコ、ヤスリを何種類か、手ごろな大きさの万力、目が荒いのとなめらかな二種類の砥石《といし》を買った。

最後に機械油をたっぷりと買った。さすがに荷は重く、タクシーで帰らねばならなかった。

タクシーを降りてから、いつもの調子で用心をして部屋の周囲をチェックし、ドアを慎重に開ける。

いったん廊下に置いていた荷を全部、部屋に運び入れた。

まず、万力を取り出し、ダイニング・キッチンにあるテーブルに取りつけた。

三ミリ厚の鋼材は、B４判ほどの大きさがあった。佐伯は、狭い玄関の三和土《たたき》で作業を始めた。

鋼材を金ノコで切っていく。三センチ幅ほどの細長い鉄の板が八本できた。それを、半分に切断する。

幅三センチ、長さ十八センチ、厚さ三ミリの鉄片が十六枚できた。

それをテーブルまで運び、ひとつひとつ万力で固定して、金ノコで片方の先端を細長い台形にしていく。

次に、ヤスリで、台形にカーブをつけ、先端を鋭く尖らせる。両刃のナイフのような形だった。またたく間に時間が経った。十六本もの手裏剣をヤスリで削り出すのは、金ノコでおおまかな形を作っているとはいえ重労働だった。

何とかヤスリで手裏剣の形を作り終えると、今度は刃をつけ始めた。この作業はそれほど時間はかからなかった。大切なのは、この次の工程だった。

佐伯は買ってきたオイルを、金属性のクッキーの空箱に満たし、台所の流し台に持っていった。

ガステーブルの火をつけ、火のなかに手裏剣の形をした鉄片を並べる。鉄がガスの炎で赤くなるのを待つ。

ヤットコで、灼熱した鉄片をつまみ、一気にオイルにつける。

それを次々に行なっていく。十六本すべてを終えるころには、流し台は、油でべとべとになっていたし、ヤットコを持っていた手は油の飛沫によって何か所か火傷を負っていた。

「なるほど、若い女性が天ぷらを作りたがらない訳がよくわかるな」

佐伯は、そこまでやってようやく小休止した。すでに時計は十一時を回っていた。

冷蔵庫に入っていたロースハムやチーズ、それにセロリなどを、ビールで腹に流し込む。ビールを二缶飲んだ。夕食はそれで間に合わせた。

今度は、荒い砥石となめらかな砥石を使って仕上げをした。

一本の手裏剣を取り上げてしげしげと眺める。

三センチほどの幅があった鋼材が、仕上がってみると、約半分になっていた。てのひらの上でわずかに弾ませてみる。バランスも申し分ない。

佐伯はそれを中指に乗せ、人差指と薬指で支えた。刃を上にして持つ『本打ち』という打ちかただ。

手裏剣は投げるとは言わずに打つと言う。修行してみるとわかるが、まさに、目標に打ちつける感じなのだ。

佐伯の手が一閃した。

部屋の奥の壁が鳴った。五メートルほどの距離があったが、手裏剣は一瞬にして移動したように見えた。

手裏剣は、見事に壁に突き立っていた。

佐伯は満足した。

今度は、手裏剣を持ち運ぶ工夫をしなければならない。

何本かまとめてポケットに放り込んでおこうものなら、動くたびに金属がぶつかり合う音がするし、刃がポケットを破ってしまう。

何かの拍子に自分の体を傷つけてしまう危険もある。

佐伯は、洋服箪笥の奥から、古い革ジャンパーを引っ張り出した。薄手の革でできた安物で、若いころに買ったものだ。黒い革だったが、手入れをしていないため、ところどころ色がはげ落ちている。

佐伯は、そのジャンパーにナイフの刃を立てた。四角い革を切り出す。その革を半分に折り、針と糸を持ち出してきて、両方の端を縫いつけた。革の袋ができた。今度は、その袋を、横に四分割するように縫い目を入れた。手裏剣が四本横に並んで収まるシースができたのだ。

さらに、ジャンパーから、細い革紐を何本か切り出し、シースに頑丈に縫いつけた。

ちょうど銃のホルスターのように、脇に下げられるようにしたのだ。三本の紐がついており、一本は肩にかけるためのループになっている。

あとの二本は、胸にくくりつけるためのものだ。

実際に脇に下げ、胸で紐をしばって固定してみると、間に合わせにしては悪くなかった。

さらに、佐伯は、手裏剣が一本だけ入るシースをいくつか作った。これは、アスレチック・テープなどで、腕や、すねに貼りつけておくときに使うのだ。

作業を終えたのは二時近かった。

マルクメ運輸での仕事のために、もう寝なければならない。

刑事をやっていたので、寝不足には慣れているが、終日の肉体労働となるとさすがにこたえるはずだ。

彼は、洗面所に向かった。

歯みがきを始めて、ふと鏡を見ると、最近では珍しく、自分の顔がいきいきしているのに気づいた。

戦いの準備が整いつつあるせいかもしれない——佐伯は思った。

彼は鏡のなかの自分に向かって、無言で語りかけた。

(相手は人間の皮をかぶった畜生だ。思うぞんぶん戦うがいい)

佐伯は朝七時に目を覚ました。

台所は機械油が飛び散っておりひどいありさまだったが、掃除している時間はない。

彼は、牛乳とトースト、それに、ロースハムのステーキの朝食を摂った。朝にしっかりカロリーを取っておかないと、音《ね》を上げるはめになる。

ヘインズのTシャツの上にスウェットのセーターを着る。

昨夜作った四本入りの手裏剣のシースを脇に下げ、胸にくくりつけて固定する。一本入りのシースに入った手裏剣を、左右のすねの外側に、アスレチック・テープで貼りつけた。その上にジーパンをはき、ブルゾンを着た。

悪くない気分だった。

佐伯は、内村所長に電話をしてみることにした。まだ午前八時前だ。留守番電話にメッセージを入れるつもりだった。

だが驚いたことに、白石景子が電話に出た。内村所長も、もう出てきているという。

佐伯は、マルクメ運輸に潜入できたことを報告した。

所長は、最後にひとことだけ言った。

「他の連中はどうか知らないが、私はあなたのやりかたをあくまでも支持します」

佐伯は電話を切った。

編み上げのトレッキングシューズをはくと身が引きしまる思いがした。

9

佐伯は、九時十分前に、マルクメ運輸に出勤した。

総務・人事兼任の相沢課長が出てきて言った。

「ついてきてくれ」

彼は、外の集配ターミナルへ行った。倉庫のまえに、ローラーを並べたコンベアーが六基、横一列に、等間隔で置かれている。

そのまえに、コンテナー付きのトラックが停まっていた。

作業はまだ始まっていなかった。

相沢課長は、煙草を吸っている中年男に近づいた。

中年男は、不安そうな顔で、相沢課長と佐伯を見た。佐伯の眼は鋭い。刑事をやっていたせいだ。

刑事、特に、捜査四課など暴力団を相手にする刑事たちは、次第に暴力団員と見分けがつかなくなってくると言われている。

煙草を吸っている中年男の不安そうな表情の理由はそこにあった。

「杉田《すぎた》さん。新人だ」

「新人？」

課長は、佐伯に言った。

「こちら杉田主任だ。現場ではトラックの運転手をやっている」

「佐伯といいます。よろしく」

杉田は、ようやく警戒を解いた様子だった。だからといって愛想がよくなったわけではなかった。

課長が言った。

「しばらくは仕事を仕込んでやってくれ」

「仕込むったって、あんた……」

杉田は課長に言った。「俺は部下にけがをされて、てんてこ舞いだ。どうしろってんだい」

「あんたの相棒は入院してるだろう？　その新人を、助手席に乗っけろよ」

「あんた、現場の仕事のことをよくわかってないんだ。トラックの相棒ってのはな、あんたが思ってるほどいいかげんなもんじゃないんだ」

「ビジネスだ」

課長は言った。「割りきってもらおう。それにあんたはベテランだ。新人はベテランにあずけるのが定石というものだ」

課長は去って行った。

杉田は舌を鳴らした。佐伯のほうを見て尋ねた。

「佐伯とか言ったな。経験は?」

「この年ですからね。いちおう何人かは……」

「つまらねえこと言ってんじゃねえ。トラック運転《ころが》した経験はあるのかと聞いてるんだ」

「バスなら、何度か……」

これは嘘ではない。警備部の機動隊が乗っている、グレーのバスだ。若いころに、二種免許を持っているということで、駆り出されたことが何度かある。

「長距離は?」

「いえ……」

「ここに来るまえは、何をやってた?」

「タクシーの運転手を……」

これもまったくの嘘とはいえない。覆面パトカーで街なかを流すのは、無線タクシーに乗っているのと、ある程度似ているかもしれない。

杉田は難しい顔でうなずき、煙草を消した。

「荷の積み込みを手伝ってくるんだ。荷をチェックしたら、出発する。今日は近場だ」

「どこです？」

「福島のデパートだ。メーカーからの商品を届けるだけだ」

「わかりました」

佐伯は、コンテナのなかに入り、ローラーの上を流れてくるダンボールの箱を積み上げていった。

午前十時過ぎには出発した。

佐伯は汗をかいていた。積み込み作業のせいだった。

「暑けりゃ上着を脱げばいいじゃないか」

大きなハンドルを操りながら、杉田が言った。

「いえ……。親のしつけがきびしかったもんで……」

「妙なやつだな……」

この上着を脱ぐと、もっと妙なやつだと思うはずだ——佐伯は、心のなかでそうこたえていた。

瀬能等は、組事務所にではなく、情婦のマンションに、拳銃を運ばせた。池袋サンシャイン・シティ近くにある高級マンションの一室だった。

情婦は、池袋のなかでは高級な部類に入るクラブのママだった。いつもなら、午後の三時ごろまで寝ている彼女だったが、今日は、午前中から部屋をあけろと瀬能に言われていたので、同じ店のホステスの部屋に転がり込んでいた。

アメリカの鉄砲店で見られるように、平たいボール箱に入ったピストルが並べられた。

瀬能のほかには、幹部がふたりいるだけだった。

直接取引きを行なった男と、銃に詳しい男のふたりだ。

銃に詳しい男は、長目の髪をオールバックになでつけている。

直接、銃の取引きを行なった男は、丸刈りで頰がこけていた。

「こないだのと合わせて、五挺。すべてそろいました」

丸刈りの組員が言った。

瀬能はうなずいて、ひとつの箱から取り出そうとした。

「あ、おやっさん。手が油だらけになります」

丸刈りの男が注意した。

「かまわねえよ」

瀬能は、Cz75を手に取った。組員が言ったとおり、グリップを握ったとたんてのひらが油でべとべとになった。

スライドを引いて、薬室《やくしつ》を見る。空なのを確認して、トリガーを引く。小気味いい金属音がして撃鉄が落ちる。

だがスライドを引くと、レシーバーとの間から油がしみ出し、また、撃鉄が落ちると油が飛び散った。

「分解して、油を抜き取らねえと……」

オールバックの男が言った。彼は、瀬能と同様に眼を輝かせている。彼は単に銃に詳しいだけではない。明らかにガンマニアなのだ。銃に偏執狂的な愛情を抱いていると言っていい。

「やってみろ」

瀬能がその男に銃を差し出した。

「タオルか何かありますか?」

「おう。バスルームの洗面台の下に引出しがある。そこに何枚か入っているはずだ」

オールバックの男は言われた場所からタオルを三枚持ってきた。再びソファに腰を降ろすと、フィールド・ストリッピング——つまり通常の分解を始めた。

「こいつは、無駄なものがない、最高の銃ですぜ」

彼はつぶやくように言った。まず、タオルでグリップやトリガーの油をぬぐう。だが、すぐにどこからともなく油が流れ出してくる。

銃の最後部に切れ込みの印がある。切れ込みは、レシーバー部と遊底《スライド》の双方についている。

まず、遊底《スライド》をわずかに引き、その切れ込みのマークをそろえる。

そうすると銃の左側、安全装置《セーフティ》のすぐまえについているスライド・ストップを抜き取ることができる。スライド・ストップを抜くと、スライド部分をすべて前方へ抜き出すことができる。

スライドのなかから、リコイル・スプリングとガイドを抜き取る。最後にスライドからバレルを抜き取る。

手品のような鮮やかさだった。分解するのに五秒しかかからなかった。オールバックの男の手は、たちまち油まみれになる。

彼は、タオルでまず手をぬぐい、部品のひとつひとつを丁寧に拭き取り始めた。

「バリやでこぼこがひとつもない」

オールバックの男はうれしそうにつぶやいた。「外観の仕上げは荒いが、こいつは、間違いなく買い物だ」

「そうだろう」

丸刈りの男が、ほくそえみながら言った。

部品をためつすがめつしたのち、オールバックの男は、銃を組み直した。それを瀬能に手渡す。

「いちおう拭き取りましたが、一度撃って残りの油を吹き飛ばしたほうがいいですね」

「おい」

瀬能が言った。「その分解のしかたを教えろ。自分の銃くらい、自分で手入れしたい」

「いいですとも」

オールバックの男は、箱から二挺、Cz75を取り出し、瀬能と丸刈りの男に手渡した。

「まず、マガジンが入っていないのを確かめ、次に、スライドを引いてチェンバーに弾が入っていないのを確かめます。このうしろにある、切れ込みのマークをそろえて……」

瀬能と丸刈りの男は、子供が新しい玩具を与えられたときのように、夢中で銃をいじくり回した。

杉田と佐伯は、無事に荷を届けて帰路についた。

往路ではほとんど口をきかなかった杉田が、話しかけた。

「なんだってこんな時期に、うちの会社に入ってきたんだ?」

「失業してたからですよ」

「他にもっと楽で実入りのいい仕事があるだろうに……」

「楽して儲《もう》けた金は身につかない——これ、わが家の家訓なんです」

「知ってて入社したのか?」

「何のことです?」

杉田は、わずかに後悔したような表情になった。余計なことを口走ってしまったと考えているのだ。

「そういえば……」

佐伯は言った。「総務部長が妙なこと、言ってましたっけ……。この会社は、何か問題に巻き込まれているが、そのことを知ってても口外するな、と」

「呑気なやつだな。そのことを確かめようとはしなかったのか？」

「訊いたところで教えてくれそうな雰囲気じゃなかったもので……」

杉田は、それからしばらく口をきかなかった。佐伯も何も言わなかった。

尋問がいちばんうまくいくのは、相手がしゃべりたくなったときだ。そのときは必ずやってくる。刑事は尋問のプロだ。佐伯は自信を持っていた。

都内に入って、渋滞につかまると、ついに再び杉田が言った。

「どうせわかっちまうことだ。教えといてやろう」

佐伯は、無関心を装っている。

「うちの会社はな、ヤクザに脅されてるんだよ」

「ほう……。ヤクザに、ですか」

「新聞に記事が出たことがある。労使の交渉がこじれて、騒ぎになり、けが人が出た、と」

「その記事は読みましたよ」

「あれは、そんな事件じゃなかった。暴力団に殴り込まれたんだ。十人以上が一か月以上の重傷だ。木刀や鉄パイプで殴られて骨を折られたり……。なかにはドスで刺されたやつもいる」

「どうして、あんな嘘っぱちの記事が出たんです?」

「警察が調べに来たとき、上の連中が口をそろえて嘘をついたからさ」

「何のために……」

「詳しいことは知らん。だが、うちの会社が何か汚い仕事を強要されているのは確かだ」

「汚い仕事って……?」

「どうせヤクザのやることだから、薬を運べ、とか、密入国したフィリピン娘を運べ、とかいう仕事だろう」

「へえ……。でも、脅されてないで、警察にちゃんと届ければいいのに……」

杉田は、正面を見すえていた。目が充血し始めている。怒りを思い出したのだ。どうすることもできない、一番やっかいな怒りを。

彼は言った。

「おまえさんは、ヤクザのこわさをまだ知らないんだ」

佐伯は何もこたえなかった。


瀬能が事務所に戻ったとき、最近には珍しく上機嫌だった。拳銃Ｃｚ75がすっかり気に入って、うれしくてたまらないのだ。

その瀬能をさらに喜ばせる知らせが待っていた。

幹部のひとりが、報告した。

「例の佐伯という刑事ですがね」

「今はもう刑事じゃない」

「身寄りのない天涯孤独かと思っていたら、都内に親戚がいたんですよ」

「ほう……」

瀬能は目を細めた。その眼の奥が危険な光りかたをした。

「根津の古い屋敷に住んでるんですがね。この屋敷、知り合いの不動産屋に調べさせたら、名儀は佐伯の野郎になってるってんですよ」

「どういうことだ?」

「佐伯は親を早く亡くしてましてね、今、根津に住んでいる親戚に育てられたらしいんです。つまり、両親が死んだあと、その親戚というのが佐伯の家に入ってきたわけです」

「それで佐伯のやつは、家を出て、用賀のマンションに住んでいるというわけか?」

「そういうことです」

瀬能は考えた。

「訴訟とか、そういう揉め事は起きていないのか?」

「それが、一切そういうことが起きてないんで……」

「信じられねえな……。都内の一戸建てだぞ。それも山の手線の内側だ。俺だったら、親戚を殺してでも手に入れるぞ。何で文句も言わずマンション暮らしなんぞやってるんだ?」

「さあ……」

「まあいい。身寄りが見つかっただけでも上等だ」

「まだあるんですよ。佐伯と親しい女を見つけたんです」

「やつのイロか?」

「そこまではわかりませんが、少女《ガキ》のころ、やさぐれてまして、佐伯の野郎にヤバイところを助けられたんだそうです」

「それで、今でもつきあいがあるのか？」

「その女、六本木の『ベティ』というクラブに勤めているんですが、最近、佐伯が訪ねて行ったそうです」

「名前は」

「ミツコという名で通ってます」

「おもしろい材料がそろったじゃないか。これで佐伯の野郎に、ちっとは痛い目を見せてやれそうだ」

「どうするんで？」

「そうだな……」

瀬能は見るからに凶暴そうな顔をゆがめてうれしそうに笑った。彼にしてみれば、人を殺したり傷つけたりするのは、小学生がいたずらをして楽しむのと同じ次元のことでしかないのだ。「まず、車を一台用意しろ。廃車にしちまってもかまわねえ車だ。盗んできてもいいし、車検切れで眠ってるのを、ディーラーあたりから持ってきてもいい」

瀬能は、武器の取引きを担当している丸刈りの幹部のほうを向いた。「おい。米軍のプラスチック爆弾とかは手に入ったのか?」

「はい」

丸刈りがこたえる。「二、三日中には何とか……」

「車とその爆薬で、佐伯のために派手な花火を作ってやろうじゃないか」

瀬能はそう言うと、うれしそうに笑った。


数日後、根津の住宅街に、リアウインドウが割れ、あちらこちらがへこんだ古いセダンがのろのろと入ってきた。

車には三人の男が乗っていた。

深夜で人気《ひとけ》はとだえている。住宅街はすっかりと寝静まっているのだ。

車が止まり、三人の男が降りた。ひとりがエンジン・ルームを開け、ポケットから出した白い粘土のようなものを、バッテリーのそばに貼りつけた。プラスチック爆薬だ。エンジン・ルームを閉める。

別の男が、車にあらためて乗り込み、道路の幅をいっぱいに利用して、ある家の門に、車の鼻先を向けようとした。

道が狭かったので、車は斜めになったが、何とか、家の門のほうへ向けることができた。

男は、ドアを開け、半ば体を乗り出してアクセルを踏み込んだ。エンジンの回転数が上がる。

クラッチをつなぐ。車は急発進した。運転していた男はすぐにギヤをニュートラルにして、運転席を飛び出した。彼は路上に転がった。

ぼろぼろのセダンは、惰性で走り続け、一軒の家の門に突っ込んでいった。

門と玄関はごく近かったため、車は玄関にまで突入した。

すさまじい音が響いた。三人の男はその場から駆けて逃げ出した。

その家の明かりがともった。近所の窓も次々と明るくなっていく。

車に突っ込まれた家の住人たちは、玄関の惨状を見て驚き、立ちすくんでいた。

老夫婦とその息子夫婦、そして幼い孫が住んでいた。五人は、玄関を見つめるだけで、なす術を失っていた。

だが、本当におそろしいことが起こったのはそのあとだった。

ひしゃげたエンジン・ルーム内で、どこかがショートし、火花を上げた。その火花がガソリンに引火した。

燃え上がった炎が、信管の役割を果たし、プラスチック爆薬、C－4を爆発させた。

爆発はすさまじく、車体と、家の三分の一を吹き飛ばした。

玄関にいた五人の住人は、逃げる間もなかった。彼らは、一瞬にして、ばらばらの肉片と化していた。

両隣りの家も爆風によって被害を受けていた。

野次馬が遠巻きに集まり始め、やがて遠くからサイレンの音がいくつも聞こえてきた。

10

佐伯は、東大附属病院の霊安室のまえの廊下で立ち尽くしていた。

どのくらいそうしていたか、わからない。時間の感覚がなくなってしまっている。

周囲では人々があわただしく動き回っていたが、どこか別の世界のことにように見えた。

親戚たちが集まってきていたが、佐伯涼は、ほとんど親戚づきあいをしていないので、誰が誰だか、ほとんどわからない。

そのことが非現実感をまた助長した。

佐伯は、じっと自分を見つめている人物に気づいた。コートを手に下げている。外から今、やってきたばかりといった恰好だ。

佐伯は彼の姿を見て、たちまち現実感を取り戻した。今の佐伯にとって、彼が唯一の現実だった。

男は近づいてきて言った。

「だいじょうぶですか？　佐伯さん」

「内村所長……」

佐伯は言った。「これで俺はついに本当にひとりぼっちになった気分です」

「気をしっかり持つんだ」

「しっかりしてますよ」

「もう、被害者とは対面したのですか？」

「見せてもらいましたよ、特別にね……。だがありゃ遺体なんてもんじゃない。俺も刑事をやっていたんでひどい死体をいくつも見ているが、あれは最悪の部類に入る」

佐伯はそこまで言ってかぶりを振った。「ポリバケツのなかに集められた、焦げた肉片と骨のかけらに過ぎませんでした」

内村は言葉を失った。

佐伯は淡々と言った。

「その肉やら骨やらを、法医学者たちが、年齢性別、付着していた布や繊維の部類によって区別し、別々の棺のなかに入れました。専門家の話だと三ないし五メートルの距離で爆発が起こったということです」

「くそっ」

内村はつぶやいた。彼らしくなく感情を露わにしていた。「私が、もっと注意していれば、こんな事態は防げたかもしれない……」

佐伯は突然、たがが外れたように興奮し始めた。

「思い上がっちゃいけませんよ。注意していたら防げたですって？　そんなことは無理ですね。こいつは起こるべくして起こったんだ。こいつがやつらのやりかたですよ」

「君が自宅のマンションのまえで襲われたときから、予想すべきだったんだ。手を打つのが遅れました」

「よしてください。何度も言いますが、暴力団と事を構えるには、これくらいの覚悟は必要なんです。所長も気をつけてください。俺のそばにいるだけでとばっちりを食うかもしれませんよ」

「覚悟はしてますよ」

所長はあっさりと言ってのけた。

佐伯は、内村に嚙みつきそうになった。認識の甘さをなじってやろうとしたのだ。

だが、思わず言葉を呑み込んでしまった。

たじろがせた。

内村の眼を見てしまったのだ。眼は暗く底光りしており、海千山千の佐伯をさえ
その眼の光からは尋常ではない決意が見て取れた。そして、真実を見通している
力強さが感じられた。

所長はさらに言った。

「あなたとともに『環境犯罪研究所』を設立するときから、腹をくくっているつもりです」

佐伯は内村から眼をそらした。

「そうですか……」

廊下のむこうから、捜査四課時代の後輩である奥野巡査長が、急ぎ足でやってきた。

「チョウさん」

奥野は、思わずかつての呼びかたで佐伯に声をかけた。

「ああ、奥野か……」

「とんだことで……」

「しょうがねえや。暴力団を相手にするってことは、つまり戦争と同じだ」

「瀬能組のしわざだってことはわかってるんですがね……。証拠がないことには、警察は動けないんですよ」

「よくわかってるさ……」

「どうせ家宅捜査《ウチコミ》をかけても、今ごろはきれいに証拠を湮滅《いんめつ》してるでしょうし、お縄にできるとしても、小物ばかりで、肝腎の瀬能のところまでは、とても手が届かない」

「そういうことだ。警察もいら立つよな。日本の警察は暴力団に甘いと言われるが、そんなことはない。暴力団に甘いのは警察官僚と政治家だ。現場の警官は、やつらに鉛弾撃ち込みたくてうずうずしてるんだ。今の世の中でおおっぴらに拳銃を持ち歩けるのは、暴力団と警察ぐらいなもんだからな。よくわかるよ。俺は、よくわかる」

「すいません、チョウさん」

「そうさ。警察は肉親をばらばらに吹き飛ばされた一般市民の仇《かたき》を取ることすらできないんだよ」

「チョウさん……」

「そいつはやめてくれ。俺は今は部長刑事《デカチョウ》じゃないんだ」

「失礼」

内村が言った。

佐伯はそっと振り向いた。

内村は、佐伯のほうではなく、奥野巡査長のほうを見て言った。

「佐伯さんは今、心のバランスを失っている。無理もないことだ。察してあげていただきたい」

「あの……、失礼ですが……？」

「現在の佐伯さんの上司に当たります。あくまでも立場上ですが……。内村といいます」

佐伯は、大きく深呼吸してから、奥野に言った。

「この人の言うとおりだ。済まなかった。今のところどんなことがわかっているのか聞かせてくれないか？」

「だいじょうぶですか？」

「ああ。おそらくな」

奥野は内村を見た。内村はそれに気づいた。

「席を外しましょうか？」

わずかの間、考えて佐伯は首を横に振った。

「いや、いてください。いっしょに話を聞いてもらいたい」

「しかし……」

奥野が抗議しかけた。

佐伯が言う。

「どうせこの人には何もかもわかってしまうんだ。手間はなるべく省いたほうがいい」

奥野は左肩をすぼめた。

「わかりました」

奥野は、事件のあらましを説明した。使用された車は、廃車になったものをディーラーから取り上げたものだということだった。

爆薬は米軍のコンポジション4、一般にC－4と呼ばれている化学合成プラスチック爆薬だった。

「米軍の爆薬？」

佐伯が尋ねた。「ダイナマイトなんかじゃないのか？」

「それと関連してですね……」

らしいのです」

奥野が声をひそめた。「池袋署からの情報なんですが、瀬能組が拳銃を仕入れた

「どこからだ？」

「詳しいことはわかっていないのですが、どうやら、ハワイあたりのヤクザと組んでいるらしいのですよ。もちろん、確証が取れれば令状取って家宅捜索《ウチコミ》かけますけどね……。空振りに終わったら、せっかくの情報も無駄になっちまいますからね」

「まったく、裁判所の勘違いにもあきれる。ヤクザにまで人権があるなんてぬかすんだからな。そうそう何度も令状は出してくれないというわけだな？」

「そういうことです」

「抗争の情報は？」

「今のところ、池袋はバランスが取れてましてね……。新興勢力や関西方面からの流入もない。抗争の準備とは思えないのですが……」

「光栄だな……。ひょっとすると、瀬能のやつが銃までかき集めて、俺ひとりを狙っているということだ」

「気をつけてください、くれぐれも」

佐伯は、奥野からも内村からも眼をそらした。

「俺が殺られるんだったらまだいい。だが、殺された連中には、まったく何の罪もなかったんだ」

奥野も内村も黙ったままだった。

葬儀の打ち合わせなどをして、佐伯は夜の十時ごろ帰宅した。

親類の遺体は、佐伯より生前つきあいが深かったという中年の夫婦が引き取っていった。

上着を脱ぎ、最近はいつも身につけている手裏剣入れを脇の下から外した。それをティーテーブルの上に放り出すと、今度は、両方のすねの外側に、テープで貼りつけていた手裏剣をはがした。

上着のポケットに入っていた、数個のパチンコ玉も取り出す。

拳銃にプラスチック爆薬。匕首に木刀、鉄パイプ……。佐伯は思った。

それに比べて、俺の武器はこれだけだ。

吹き飛ばされて死んだのは、父親の従兄《いとこ》夫婦と彼らの息子夫婦、そして息子夫婦の息子だった。

佐伯は、父親の従兄のことを、昔から「おじさん」と呼んでいた。

不思議なことに、悲しみとか淋しさとかいったものは感じなかった。「おじさん」の孫は、まだ三歳だった。かわいいさかりで、さすがに、粉々の肉片に変えられたのは哀れだと思った。

だが、今、佐伯の胸を満たしているのは、怒りと恥ずかしさだった。なぜ、恥ずかしさを感じるのか、咄嗟には理解しかねた。

おそらく、五人が死んだのは、すべて自分の責任だといううしろめたさと、彼らのことを考えずにいい気になって暴力団を敵に回した愚かさを自覚したためだろうと思った。

怒りは、自分に対する怒りだった。

あまりにだらしのない自分に対する——。

電話が鳴った。

佐伯は、大儀そうに前方へ体を伸ばし、受話器を取った。

「はい……」

「どんな気分だ？」

しぼりだすような声が聞こえてきた。佐伯は肩をひそめた。何も言わずにいた。

相手は続けて言った。

「簡単には殺さねえ。死ぬよりつらい目ってのにあわせてやる」

「瀬能……」

佐伯は言った。「俺は忙しいんだよ。おまえと遊んでる暇などないんだ」

「はったりをかましていられるのも今のうちだ。これだけで済むと思うな。まだまだ続くぜ」

佐伯は電話を切った。

彼は瀬能の幼稚さと執拗さに腹を立てた。瀬能は、人を殺すということや傷つけるということが、どういうことなのかまるでわかっていないのだ。

殺すことも死ぬこともおそろしくはないのだ。つまりそういった面の想像力も情緒も欠如しているのだ。

子供は、ただ自分の興味のためだけに虫や蛙《かえる》を殺す。そして、自分の利益のためだけに他人に平気で暴力を振るう。

佐伯は思った。

瀬能の精神年齢はその時点でストップしているのだ。

瀬能にとって他人は虫けらであり、自分と親しい人間だけが大切なのだ。

あまりの激しい怒りに、佐伯は息苦しくなるほどだった。後頭部が熱く感じられる。

佐伯は思わず立ち上がって、それほど広くはない部屋のなかを、意味もなく歩き回り始めた。

酒を飲みたかったが、飲むべきでないことははっきりしていた。戦争が始まったのだ。

アルコールは、気持ちを落ち着かせてくれるが、集中力と瞬発力を鈍らせる。

突然、すさまじい音がした。

佐伯は反射的に床に伏せていた。一瞬、何の音かわからなかった。

もう一度同じ音がした。

鉄製のドアに、大きなエネルギーを持ったものが激突した音だとわかった。

続いて、同じような音がしたが、それは離れた場所で聞こえた。今度はドアが鳴るのよりもはっきりと聞こえたものがあった。

銃声だった。九ミリ・パラベラム弾の乾いた軽やかな音だった。

佐伯は、襲撃者の目的を知って、さらに怒りが燃え上がるのを感じた。

銃を持った男は、まず、佐伯の部屋のドア目がけて二発拳銃を発射した。問題はそのあとだった。彼、あるいは彼らは、佐伯のとなりの部屋にも同様に銃を撃ったのだ。

外は静かになった。だが、佐伯は動けなかった。

敵は、じっと息をひそめて、佐伯が様子を見に出て行くのを待っているのかもしれないのだ。

今は、じっとしているしかなかった。彼は、姿勢を低くしたまま移動し、部屋の明かりをすべて消した。

窓に映る影めがけて弾を撃ち込まれる可能性がある。そして、敵が突入してきたときにそなえて、闇に眼を慣らしておかねばならない。

佐伯は、ソファの脇に身を横たえ、じっとバルコニーのほうを見つめていた。バルコニーに特別な変化は見られなかった。

そうしているうちに、パトカーのサイレンが聞こえてきた。サイレンは、どんどん近づいて来て、やがて、マンションのまえで止まった。

銃弾は、鉄製のドアを撃ち抜いてはいなかった。一発は表面をへこませ、跳弾となってどこかへ消えていた。もう一発は、鉄板にわずかに穴をあけ、へこみのなかに埋まっていた。ひどくひしゃげているので、線条痕を取るのは無理だろうと、佐伯は思った。

となりの部屋に撃ち込まれた弾丸は、やはり、跳弾となって飛び去っていた。

こちらの弾丸は、ドアの塗料と、表面をかなり削り取っていた。角度のせいだろうと佐伯は思った。

制服警官が、となりの部屋の住人に話を聞いていた。

別の制服警官が佐伯のところに近づいてきた。階級は巡査だった。佐伯より二階級下だ。正確には一階級の差しかないが、士気高揚のため、その間に巡査長という階級を設けているからだ。

「あんた、職業は？」

「運送屋に勤めている」

「会社の名前は？」

「マルクメ運輸。西新井にある会社だ」

「何か身分を証明するものは？」

「免許証でよかったら……」

警官はうなずいた。警官は、佐伯の免許証を見て、素早く必要なことを書き写した。

廊下を、紺色のジャンパーを着た機動捜査隊の連中が歩き回っている。

となりの部屋の住人から話を聞いていた警官が、佐伯のそばへやって来た。

その警官が言った。

「このまえもこのマンションで騒ぎがあって、そのときもあんたが関係していたそうだな」

「騒ぎ？　どんな？」

佐伯を尋問していた警官が言った。

「何でも、柄のよくないのが喧嘩していて、そのなかに、この人がいたそうだ」

「本当か？」

尋問していた警官が佐伯のほうを見て尋ねた。

「忘れたな……。そんなことがあったっけ？」

「まじめにこたえんか」

「こたえてるよ」

「なぜ喧嘩に巻き込まれたり、銃弾を撃ち込まれたりしたんだ？　心当たりがあるだろう」

「ある」

「何だ？」

「ちょっと部屋のなかを見せてもらおう」

「言えない」

「だめだ」

「何だと？」

「あんたたちにその権利はない。令状を持って来るんだな」

彼らに今、手裏剣など見られたくない。

「ちょっと署まで来てもらおうか」

「任意だな？　部屋の鍵をかけてからお伴しよう」

「聞いたふうなことを言うな」

佐伯はパトカーに乗せられた。乱暴な扱いだった。

世田谷署の公廨《こうかい》へ引っぱって行かれた佐伯は、なつかしい臭いを感じた。

公廨というのは、警察官たちの机が並ぶ大部屋のことだ。

煙草のくすぶる臭い、汗の臭い、酔っぱらいや浮浪者の悪臭、それらが混然となった全体としては、けだるい感じの臭いだ。

制服警官は、まず警ら課の自分たちの机へ佐伯を連れて行こうとした。四交替制の外勤警官は、公廨の机も交替で使用している。

公廨の一番奥まったところに刑事捜査課があった。どこの署でもそうだが、刑事捜査課は、見えない壁で仕切られているような感じがする。

佐伯は、制服警官の机の脇に立たされていた。

「俺は立ったまま、尋問を受けるのか？」

佐伯が言うと、制服警官はいきなりブーツの先で佐伯のすねを蹴った。

佐伯は不意をつかれたので思わずうめいた。これは、警官がよくやることだ。特に一般市民の見ていない署内では、警官は容疑者や参考人に平気で暴力を振るう。

ふと頭を上げた刑事捜査課の警官がじっと佐伯のほうを見ている。

佐伯もそれに気づいた。

その刑事は立ち上がり近づいてきた。佐伯も知らぬふりをするわけにはいかなくなった。うなずきかけた。

「やっぱり佐伯チョウさんか……。どうしたんです？」

佐伯はその刑事の名を思い出そうとしたがだめだった。合同捜査本部で一度だけいっしょに仕事をした刑事だった。階級はおそらくまだ巡査だ。

佐伯を引っぱってきた警ら課の制服警官が刑事に言った。

「何だい？　こいつを知ってるの？」

刑事が顔色を変えた。

「ばかやろう。本庁捜査四課の部長刑事サマだぞ」

制服警官は、ぽかんと口をあけ、佐伯を見つめた。

彼は、その表情のまま、ゆっくりと立ち上がり、挙手の敬礼をした。

「失礼いたしました」

夢でも見ているような顔で彼は言った。

11

世田谷署の刑事は田口《たぐち》といった。三十代半ばの働き盛りだ。報告書を作成している途中だった。

佐伯は、マルクメ運輸に潜入して、極秘の囮捜査をやっている最中だ、と田口たちに説明した。

「マンションのまえで、俺を襲った連中も、俺の部屋めがけて銃をぶっぱなしたのも、俺が刑事をくびになったと早とちりしたヤクザどもだろう。俺に恨みを抱いているヤクザは多いからな」

「早く言ってくださればよかったのに……」

警官は恨みがましい表情で言った。

「言ったろう。極秘の潜入捜査だって……。おいそれとはしゃべれないんだ。ここまで来れば、いちおう安心だからな……。だが、たのむぜ。くれぐれも口外しないようにな」

捜査課の田口はうなずき、警ら課の制服警官は「わかりました」と声に出して言った。

マンションに戻ると、深夜にもかかわらず、玄関に人が集まっていた。皆、マンションの住人だった。そのなかに管理人がいた。

佐伯は何ごとかと、人々の顔を見回し、最後に管理人の顔を見た。そのとき、自分が歓迎されていないのがはっきりとわかった。

管理人が言った。

「佐伯さん……。こりゃみなさんの意見なんだが……。いや、意見というよりお願いだ。本来、こんなことを言う権利はないのかもしれませんが……」

佐伯はすべてを悟った。

やはり、佐伯のとなりの部屋めがけて撃たれた、一発の弾丸がたちまち効き目を表わし始めたのだ。

「わかっています」

佐伯は言った。「このマンションを出て行けというのでしょう」

「早い話が、そういうことです……」

管理人が言いにくそうに言う。「刃物を持った暴漢や拳銃を持った男たちがまたいつやってくるかと思うと、安心して住んでいられないと、皆さんおっしゃるのですよ」

佐伯に文句を言う権利はなかった。

悪いのは俺ではなく、暴力団のほうだろう――そういう抗議もむなしい。

もともと、瀬能は、こうなることを狙って発砲事件を起こしたのだ。暴力団員というのは精神年齢や情緒の面では幼稚だが、こうした策略についてはおそろしく頭が回るのだ。

「よくわかりますよ」

佐伯は、そこに集まった住民たちの顔を見るのが、もはや心苦しくなっていた。

管理人の顔だけを見つめて言った。「できるだけ早いうちに出て行くことにします」

その一言に、住民たちは明らかに安堵した。管理人も肩の荷が降りたという顔をしている。

佐伯は、おやすみとも言えず、黙ってその場を去った。

部屋へ戻ると、打ちのめされた惨めな気分になった。自分を育ててくれた親戚を失った翌日、住む場所を失ったのだった。

それでも佐伯は何とか持ちこたえていた。彼の自制心は常人をはるかに超えていた。彼はそこまで追いつめられても自暴自棄にはならなかった。

しかし、さすがに、酒の助けを借りねばならなくなっていた。

彼は、グラスにブッシュミルズを注ぎ、あおった。熱い流れが喉を下っていき、胃のあたりで燃え上がった。

気分が軽くなったのは三杯目からだった。彼は、明日の予定を考えた。

忌引《きびき》で、マルクメ運輸は休むことにしている。だが、いつマルクメ運輸が泊屋組と接触するかわからないので、何日も休むわけにはいかなかった。

せいぜい二日間だ。葬式が済んだらすぐ働きに出よう。彼はそう決めた。

あとは、次に住むところを早急に探さなければならなかった。

警察の寮にでも転がり込むか……。佐伯は半ば本気でそう考えていた。どこへ引っ越しても、瀬能組のいやがらせは続くだろう。同じことの繰り返しだ。

いくら瀬能組でも、警察の寮に銃弾を撃ち込んだり火をつけたりはすまい――。

だが、同時に、それはできないことも知っていた。

彼が警察の寮に住んでいることをマルクメ運輸の人間に知られでもしたら、すべての計画が崩れ去ってしまう。

それに、彼は今、本来は警察官だとはいえ、出向を命ぜられ、警察官としての権限を一時的にせよ、奪われている身だ。

当然、警察の寮に入る権利もないはずだ。

ふとミツコのところへでも転がり込もうかと考えた。慎重に行動すれば、しばらくは発見されずに済むはずだ……。

しかし、佐伯はすぐにその考えを打ち消した。

そんなことをすれば、いずれミツコにも迷惑がかかってしまう……。

そこまで考えて佐伯ははっとした。

ソファに深くもたれていたのだが、ゆっくりと背を伸ばしていった。

眼は宙の一点を見つめている。彼は後頭部が冷たくしびれていくような気がした。強い不安を感じたときに似ている。

ミツコだ！

佐伯は、瀬能が電話で言った言葉を思い出したのだった。

「これだけで済むと思うな……」

彼らが佐伯とミツコの仲を知っていても不思議はない。恋人というわけではないが、常に気になる女であることは確かだ。

そして、ミツコは、暴力団にとってみれば、きわめて利用価値が大きい女だ。つまり、商売になる女なのだ。

佐伯は時計を見た。

二時になろうとしている。ミツコが勤めている『ベティ』は一時で終わるはずだった。

とにかく電話をしてみた。男の従業員が出た。ミツコはまだ残っているかと尋ねたところ、きょうは看板の時間に定刻で帰ったということだった。佐伯は尋ねた。

「客といっしょに出たのかな？」

「さあ……。失礼ですが、どちらさまですか？」

こういうときは名乗ったほうがいいと佐伯は判断した。むこうから連絡をくれる可能性もあるからだ。

佐伯は名乗った。

「お電話あったこと、お伝えしておきます」

佐伯は、それ以上の追及は無駄と判断して電話を切った。客にホステスのプライバシーをぺらぺらしゃべるクラブの従業員はいない。

佐伯は疲れ果てていたが、瞬時に疲れを忘れた。疲労は、多分に心理的なものだ。

彼は居ても立ってもいられない気分で、まず、手裏剣のホルスターを脇に下げ、すねの外側に手裏剣を一本ずつアスレチック・テープで貼りつけた。

その上にブルゾンを着る。ブルゾンのポケットに、パチンコの玉が六個入っているのを確かめた。

彼は部屋を出て、表通りまで走った。タクシーを拾おうとしたが、空車が通らずいらいらした。

佐伯はこのときほど、自家用車を持っていればよかったと思ったことはなかった。これまで、覆面パトカーに乗っていたので自分で車を持つ必要をあまり感じなかったのだ。

ようやく空車を拾い、中目黒まで行くように命じた。

山手通りと駒沢通りの交差点で車を降りる。ミツコが住むマンションは、その交差点から恵比寿方向の裏道へ入ってすぐのところにあった。

エレベーター・ホールへ行く扉に鍵がかかっており、それぞれの部屋へインターホンで連絡し、部屋から解錠してもらわないと、先へは進めない。

佐伯は、インターホンのボタンを押した。返事はない。

行く手を閉ざしている扉を開ける方法はもうひとつあった。扉の脇にあるテンキーで四桁の暗証《あんしょう》番号を打ち込むのだ。

ずいぶんまえにミツコから聞いたことがある。マンション着工の月日が番号になっているということだった。

佐伯は脳髄のなかをまさぐりようやくその番号を思い出した。扉が開く。

エレベーターで五階まで行く。ミツコの部屋は五〇三号室だった。

佐伯はふところから手裏剣を取り出し、右手で構えた。なかから銃で撃たれるのを警戒し、ドアの脇の壁に背をつける。その状態で、左手でドアをノックした。

何も反応もない。

左手でノブを回してみた。鍵がかかっていなかった。ドアが外側に開く。

佐伯は、勢いをつけてドアを開けた。一度深呼吸してから、姿勢を低くして部屋に飛び込んだ。

広いワンルームのマンションだ。床は板張り。

ロー・ベッドに二十九インチのテレビ、ビデオデッキ。ＣＤプレーヤー付きラジカセ、そして、テーブルと椅子。

それらがゆったりとしたスペースに点在している。その広さが贅沢だった。

突き当たりが、壁一面のワードローブ。

佐伯は部屋に入ったとたん伏せていた。何も起こらない。

佐伯は明かりをつけぬまま、壁づたいに進み、ユニット・バスのドアを開けた。慎重にそこの様子を見る。

次はバルコニーだった。そこにも人影はない。

佐伯は明かりをつけた。

部屋のなかに争った様子は見られなかった。

ひょっとして、ミツコはまだ帰っていないだけなのだろうか。佐伯はふとそう思った。彼は手裏剣をホルスター型のシースに収めた。

部屋の鍵は単にかけ忘れただけなのかもしれない。

佐伯は妙に拍子抜けしたような気分だった。低い、ほとんどマットだけの高さしかないベッドに腰を降ろした。

ミツコの無事を確かめたら帰ろう。佐伯がそう考えたとき、電話が鳴った。

ベルは三度鳴り、留守番電話であることを告げるミツコの声が流れてきた。

そして、発信音。

そのあとに、聞いたことのない男の声が流れてきた。

「おい、佐伯。そこにいることはわかっている。おまえの大切なミツコはあずかった」

佐伯は頭を殴られたような気分になった。彼はあわてて受話器を取った。

「誰だおまえは。瀬能組の者か?」

「さあてね……。近日中に、おもしろいものをお届けしますよ。お楽しみに」

電話が切れた。

車の走る音が絶えず聞こえていたから、近くの公衆電話からかけてきたのだと佐伯は思った。

佐伯は一一〇番しようとして、やめた。

これは営利誘拐ではないので、弁護士次第では罪が軽くなるおそれがある。

そして、彼は思った。

もはや、警察のやりかたでは生ぬるい。

ミツコ——井上美津子は、瀬能組の幹部のマンションに監禁されていた。

その幹部が住んでいるわけではなく、資産価値を見込んで購入してある部屋だ。

幹部たちの情交の場所に使われることもあり、豪華なベッドと、応接セットが置かれている。

ミツコは、店に出ていたときの服装のまま縛り上げられ、ベッドの上に転がされていた。

その部屋には五人の男がいた。

ミツコは、自分の部屋に帰りついたところへ、インターホンのチャイムが鳴るのを聞いた。

出てみると、「佐伯だ」と一言だけ聞こえた。彼女に疑う理由はない。インターホンを通すと本人の声かどうかなどわからなくなる。

彼女は、すぐにボタンを押してエレベーター・ホールへ進む扉を開けた。

ややあって、ドア・チャイムが鳴った。ミツコは、佐伯だと思い込み、確かめもせずにドアの鍵を開けた。

そのとたんに、五人の男たちがなだれ込んできた。

抵抗する間もなく抑えつけられ、たちまち縛り上げられた。口にはガムテープを貼られた。

そのまま、運び出され、窓にフィルムを貼ったベンツに乗せられた。

どこをどう走ったかはわからない。今、いるのがどこなのかもわからない。

ただ、男たちがどんな素性で、何をしようとしているかは、すぐにわかった。彼らは明らかに暴力団関係者だ。それも、五人のうちひとりは、チンピラではない。かなり格が上の男に違いなかった。

　ベッドの脇には大きなライトが立っている。撮影用の照明だ。

「さあ、そろそろ始めるか」

　瀬能組の幹部が言った。

　若い衆が舌なめずりするような顔でミツコを見た。

　幹部がミツコのそばに腰を降ろした。彼は言った。

「カメラ、回せ。安っぽいアダルト・ビデオみたいに男のほうなんぞ撮らんでいいぞ。この女の体だけをすみずみまで写せ」

　幹部は、縛られたままのミツコの体をなで回した。たちまち、彼はうれしそうな顔になった。

「おい……。こいつは思ったより、ずっと上玉だ。肌はすべすべで、すごいグラマーじゃないか……」

　ミツコは、一度ロープを解かれた。ミツコはスカートが乱れるのもかまわず、足をばたつかせ、手を振り回した。

　だがすぐに、四人の男たちに抑えつけられた。どんなに力を入れても、身動きが取れない。

彼女は、ベッドの四すみに、手足をそれぞれ縛りつけられた。紫のタイトスカートはめくれ上がったままだ。白い下着がわずかにのぞいている。

幹部は、関節がほとんど目立たないミツコの美しい足を下からゆっくりなで上げて行き、その白い下着の部分に触れた。

ミツコの体が一瞬固くなった。腰を動かして必死にその指から逃れようと、むなしい抵抗を試みる。ただ、ロープが手首や足首に食い込み、苦痛が増すだけだった。

「おお、うれしがって……。そんなにいいか？」

幹部が下品な笑いを浮かべて言った。左手はブラウスの上から柔らかい乳房をまさぐっている。

右手の指で、下着の上から亀裂をなぞり続ける。

ミツコは、嫌悪感と怒り、そして屈辱が心のなかで渦を巻き、耐えがたい思いがした。

女は、ただうまく愛撫してやれば感じるのだと考えている男の単純さにも腹が立った。嫌な男にいくらテクニックを駆使されようと感じるはずはない。

ましてや、強姦で喜びを感じるはずがないのだ。

その怒りと屈辱で涙が流れた。

四人の男たちは、ミツコの周囲から、幹部の指づかいを見つめ、眼を光らせ、生唾を呑み込んでいる。

ビデオカメラがゆっくりと、ミツコの体をなめていく。時折、顔がアップになる。

幹部は、一度手を離した。

ミツコの体から力が抜けて、ぐったりした。

幹部は、若い衆たちに命じた。

「おい。服をむいてやれ。カメラを意識してじっくりとやるんだぞ」

ひとりがカメラを持って部屋のなかを移動していく。

三人の男は、楽しそうに、ミツコに手を伸ばした。まず、ひとりが乱暴にブラウスの胸もとを引き裂いた。ブラジャーに包まれた、白い豊かなふくらみが飛び出す。

「すげえ……。たまらんぜ、この乳房《パイオツ》……」

男たちのひとりがつぶやいた。彼は、思わずブラジャーの上から両手でつかみかかった。乱暴に揉みしだく。

ミツコは苦痛に眉をしかめた。

男はそのまま、しばらく乳房の感触を味わっていた。が、突然、ブラジャーをつかんで引きちぎった。

胸が露わになり、弾けるように揺れた。

ミツコは、血が昇っていくのがわかった。耳たぶ、首筋、頬、そして胸もとの上部の真白い肌がピンク色に染まっていく。

頸動脈の動きがはっきりとわかった。怒りのせいだった。

ミツコは、今や、目を見開き、幹部の男を睨みつけていた。

次に男たちは、ミツコの下半身に集中し始めた。ひとりが、小気味よい音を立てて飛び出しナイフの刃を出した。

まず、ミニのタイトスカートにナイフの刃が当てられた。

「動くと大事なところにけがをするぞ」

ナイフを持った男が言う。

彼は、ナイフでこすり上げるようにしてスカートを切り裂いていった。ナイフで布を切るのはなかなかなめらかにはいかない。特に飛び出しナイフは、切るためのナイフではなく、刺すためのナイフなのだ。

それでもどうにか、切り進んだ。ウエストの芯もついに断ち切られた。次にナイフはへそのほうから、パンティストッキングの下へ差し込まれた。

刃先をくいと上げると、まず小さな穴があき、その穴がたちまち広がっていった。その穴から、白い下腹と、最後の下着が顔を出す。

男たちは夢中になってストッキングをむしり始めた。生皮をはいでいるような残虐な光景だった。

たちまち、ストッキングはナイロンの端切れと化して取り去られた。

ナイフが最後の下着へ伸びようとした。

「こらこら」

幹部が言った。「そこは俺のお楽しみだよ」

彼はネクタイを外している。

三人の男たちは、にたにたと笑い、いったん、ミツコの体から離れた。

幹部が、服を脱ぎ始めた。

12

ミツコの部屋を出て、マンションの玄関を飛び出した佐伯は、名を呼ばれて振り向いた。振り向いたときには右手に、パチンコの玉を三個握っていた。ミツコの部屋に電話をかけてきた暴力団員かと思ったのだ。だが、佐伯はそこに、まったく思いがけぬ人物を見た。

地味なステンカラーコートを着た内村尚之が立っていた。

「所長……」

「連中は、ベンツで都心方向へ向かいました。さ、早く」

佐伯は、内村に訊きたいことがたくさんあったが、すべて後回しにすることにした。彼は内村のあとについていった。

内村は、駒沢通りの恵比寿方向側に路上駐車していた車のところへやってきた。濃紺のスカイラインＧＴＲだった。Ｒの称号を持つグラン・ツーリスモ。

内村は運転席に乗り込んだ。佐伯は助手席に腰を降ろす。

「とにかく、都心方向へ向かいます」

内村は車を出した。スカイラインＧＴＲは弾かれたように加速した。

「どうして、あそこに……？」

佐伯は、ようやく疑問のひとつを口に出した。

「暴力団が調べ出すくらいのことは、すぐに調べられますよ。あなたと交流の深かった人はそう多くありません。ご不幸にあわれた親戚のかたの次は、彼女——井上美津子さんが狙われるのは、容易に想像がつきました」

「あんたが直接彼女を尾行したというのですか？」

「正確には、私たち」

「私たち……？」

「慣れないので、苦労しましたがね……」

「そうは見えないな……。ずいぶん手際がいいような気がする。それに落ち着いている」

「敏腕刑事さんにそう言われると悪い気はしませんね……。ですが、落ち着いているわけではありません」

「ところで、どうやってミツコが連れ去られた場所を知るつもりですか？」

「もうひとりが、あとをつけています」

「どうしてふたりで行かなかったのです？」

「私はやつらの仲間がひとり残ったのでどうするつもりか見張っていたのです。そうしたら、そこにあなたが現れた。驚きましたよ」

「驚いたのはこっちです。……それで、われわれのその仲間からどうやって連絡が……？」

内村は自動車電話を指差した。

「尾行している仲間は小型の携帯電話を持っています」

「なるほどな……」

パトカーの無線連絡網が、犯罪者に対して圧倒的な優位に立っていたのは、もはや過去の話かもしれない――佐伯は、ふとそう思った。

ほどなく、その電話が鳴り、内村が出た。相手の話にじっと耳を傾け、一言だけ言った。

「わかった」

内村は電話を切り、両手でハンドルを握ると、わずかにアクセルを踏み込んだ。

たちまちエンジンの回転数が上がり、ＧＴＲは質量を無視したように加速した。

内村は、車と車との間を縫うように車線を変え、黄色から赤へ変わる信号はことごとく突っ切った。

彼は言った。

「さきほど私が病院で言った言葉を覚えていますか？」

「何でしたっけ？」

「私がもっと注意していればこんな事態は防げた——そう言ったのです。今度は、その言葉を証明しなければなりません」

内村は東池袋にあるマンションの脇に車を付けた。見るからに高そうなマンションだった。

今どき、都心部のこうしたマンションに住んでいるのはろくな連中じゃないだろう——佐伯はそう思った。

物陰から人が駆けてきた。

佐伯はまたしても驚いた。近づいてきたのは白石景子だった。彼女はしっかりした声で部屋の番号を告げた。

「彼女はそこにいます」

内村が佐伯のほうを見た。

「警察に連絡しましょうか?」

佐伯はかぶりを振った。

「ここからは俺の出番です」


幹部は若い衆に言った。

「口からガムテープをはがしてやれ。せっかくの美人がだいなしだ」

男のひとりが、ガムテープをはがす。

幹部はミツコに言った。

「大声出してもいいんだぜ。まわりの住人はこの部屋にどんな人間が出入りしているかよく知っている。文句を言うやつもいなければ、警察に通報しようなんていうばかもいない」

ミツコは、口を固く結んで幹部を見上げていた。

「いい女だ。俺はそういうきつい眼を見ると燃えるんだよ。待ってろ、今、ひいひい言わせてやる」

幹部はミツコの白い体におおいかぶさった。耳の下に唇を押しつける。首から喉にかけて唇を這わせる。

そのうち、舌を使い始めた。舌は、首を這い回り、胸へと下っていく。柔らかいが張りのある曲線を滑っていき、一度乳房の下までいく。

そこから逆になめ上げていった。舌先は、乳首の周囲を何度も回った。突然、乳首はすっぽりと唇に含まれた。吸われ、舌で転がされる。

その間、左胸の乳房は、右手で執拗《しつよう》に揉まれていた。

右の乳首が粘っこい攻撃から解放された。しかし、すぐに舌は左右のふくらみの谷間を渡り、今度は左の乳首を攻め始めた。

幹部の右手は腹部をなでさすりながらゆっくりと下って行く。その手は下着を通り過ぎふとももに達した。

男を知っている体に、この粘液質のテクニックは効果的なはずだった。しかし、今のミツコは、怒りが他の感覚をすべて遮断していた。

乳首が固くなろうと、時折、体がびくりと震えようと、それは体が反射的に反応しているだけのことだった。

怒りと憎悪以外は何も感じていない。

ついに幹部の手が、下着の上から彼女の中心をとらえた。最も柔らかい部分に指を這《は》わせ始める。

ミツコは、天井を見つめ、唇を噛んだ。

そのとき、出入口のドアを激しく叩く音が聞こえた。

若い衆たちは顔を見合わせた。

幹部はかまわずに、ミツコを凌辱し続ける。

また、ドアが激しくノックされる。まるで、ドアを叩き壊そうとしているかのようだ。

ついに幹部は顔を上げた。いまいましげに舌を鳴らす。彼は起き上がり、ベッドから降りた。

ズボンをはき、若い者に言う。

「どこのクソガキだ。ちょっと見てこい」

男たちふたりが寝室から出て行き、ドアのそばへ行った。

片方が言った。

「いったい何だ？」

外から声が聞こえた。

「警察だ。ここを開けろ」

男たちふたりは顔を見合わせた。彼らは互いの顔に不安を見て取った。

片方が虚勢を張って言い返した。

「警察が今時分、何の用だ？」

「この部屋でいかがわしいことが行なわれているらしいとの通報があった。ちょっと話を聞きたい」

若い男はドアについている魚眼レンズをのぞいた。

もし、幹部がのぞいたとしたら、そこに立っている男たちのひとりが佐伯だということに気づいただろう。

だが、レンズのため、佐伯の顔はひどくゆがめられていたし、のぞいた男は佐伯の人相を熟知しているわけではなかった。

佐伯は内村とドアの外に並んで立っていた。相手が暴力団の構成員だったら、刑事が二人一組で行動していることくらい、よく知っているはずだからだ。

ブルゾン姿の佐伯と、ステンカラーコートに背広といった恰好の内村とは、いかにも刑事らしい組み合わせに見えた。

佐伯には、なかの男たちが戸惑い、あわてているのがよくわかった。

警官にドアを開けろと言われて平然としていられる者はまずいない。それは、暴力団関係者でも同じだ。

なかにいる男たちは、佐伯を本物の刑事かどうか疑っているだろうが、本物である場合のことを考えて、強い態度には出られないのだ。

一一〇番通報によって刑事がやって来ることはほとんどない。まず警ら課の制服警官がやって来る。まれには、機動捜査隊が来ることもある。

だが、咄嗟の場合にそこまで考えが及び、またその点を追及できる人間などいないだろう。

佐伯は、彼らがドアを開けるという確信があった。部屋に招き入れてくれる必要はない。ドアを開けてくれさえすればいいのだ。

ドアのむこうは沈黙した。佐伯は待つことにした。内村は、緊張した面持ちでドアを見つめている。

ドアのノブが小さな金属音を立てた。内側から解錠したのだ。

内村が佐伯の顔をさっと見た。佐伯は手で合図して内村を退《さ》がらせた。

「できれば、彼らに顔を見られないように」

佐伯は言った。「でないと、あとあと面倒なことになりますよ」

「気をつけろよ」

ドアがゆっくりと開いた。チェーンは外してある。

ワイシャツ姿の首の太い男が凄味をきかせて立っていた。

そのうしろに、若い男がふたり、立っている。

貫禄からいって、ワイシャツ姿のずんぐりとした男が幹部で、うしろのふたりは下っ端だ。

幹部が言った。

「警察だって？　手帳を見せてもら……」

言葉はそこでとぎれた。幹部は目を見開き、うめくように言った。

「てめえ、佐伯……」

幹部はドアを閉めようとしたが、日本の建物のドアはたいていは廊下側に開く。ここもそうだった。すでに、佐伯が肩でドアをおさえていた。

幹部はあとずさり、若い連中が躍り出てきた。

ふたりは、佐伯に襲いかかってくる。佐伯は、両足を、肩幅程度に開き、棒立ちのままだ。

複数に襲われる場合でも、何人かがまったく同時にかかってくることはない。ふたりが同時に殴りかかっても、互いが邪魔になるだけだ。必ず、時間差がある。

この場合もそうだった。まず、ひとりが、リード・フックを出してきた。正確に言うとリード・フックを出そうとした。

その途中で、いきなり顔面をおさえて、声を上げた。何が起きたかは、佐伯以外の人間にはまったくわからなかった。

床の絨毯《じゅうたん》に、パチンコの玉が転がった。

すぐうしろにいた男は、思わず仲間の様子を見てたじろいだ。何もされないのに、顔面をおさえて、苦しんでいるのだ。

何か超自然的なことが起こったようにすら見えた。

その一瞬の隙を、佐伯はついた。

滑るように歩を進め、一気に間を詰めると、左右からの『張り』を見舞い、中段最大の急所である膻中《だんちゅう》に、『撃ち』を放った。

パチンコ玉の『つぶし』を眉間に食らって苦悶していた男は、そのまま、がくんと膝をついて倒れる。

「野郎」

すぐうしろにいた男が、いきなり派手な上段回し蹴りを見舞ってきた。

空手の訓練を受けているらしい。スピードがあり、体重の乗った回し蹴りだ。その上段回し蹴り一発で何度も相手をKOしてきたことは容易に想像がつく。だが、相手が悪かった。

佐伯は、相手が蹴りの予備動作に入ったとたんに、後方に回転しながら身を沈めた。そのまま、回転する勢いを利用して、地を掃《は》くように足で大きく弧を描く。

その足が、軸足を払った。

上段を蹴る不安定な状態で、軸足を払われたのだからたまらない。男は、腰から落ちた。

足を払う技を『佐伯流活法』では『刈り』と呼んでいる。立ちの姿勢からの『刈り』、今のように、伏せた状態からの『刈り』、踵側で掛ける『刈り』、また、足の甲を鉤《かぎ》型に曲げて引っ掛ける『刈り』など、多種多様だ。

街なかのアスファルトの上だと、かなりのダメージを期待できたが、絨毯が敷いてあるので相手はすぐに起き上がろうとした。

佐伯は、先に身を起こし、親指と残りの四指で相手の首をはさみ、抑えつけた。

相手はぐう、という奇妙な声を出して再び大の字になった。佐伯は立ち上がり、その男の頭を、サッカーボールのように蹴り上げた。

相手がヤクザでなければ、絶対にやらない危険な行為だ。相手はそのまま眠った。

さらにふたり、寝室から飛び出してきた。ひとりは飛び出しナイフを手にしている。

佐伯はナイフを持っている男に向かって、右手を一閃させた。その手から、銀色の糸が伸びたように見えた。

刃物を持った暴力団員には何の遠慮もいらない。佐伯はナイフを持つ男の胸を狙って手裏剣を打ったのだった。

顔面でもよかったが、的が小さくて、かわされる可能性もあるのだ。これは、拳銃の射撃でも同様だ。

手裏剣は、胸の正中線に見事に突き立った。そのあたりに集中する神経を貫かれて、ナイフの男は、四肢をでたらめに動かしながら崩れ落ちた。

残った若い衆のひとりは、明らかにおびえ始めていた。彼らは暴力の世界に生きている。それだけ、暴力に敏感なのだ。

野獣のように、危険な相手を見分ける感覚だけは鋭い。佐伯にはとてもかなわないということを直観したのだろう。

彼はかかってこようとはしなかった。佐伯が間を詰めようとすると、すぐさま退がった。

幹部は怒鳴りつけた。

「何してやがる。早くやっちまえ」

若い男にとっては、その言葉に逆らうこともおそろしかった。彼は、クラウチングスタイルに構えた。

鼻の骨が曲がり、まぶたが腫れたような顔をしている。かなりのボクシングのキャリアがあるのだろう。殴り合いだけに限定すれば、ボクシングのテクニックは無敵といっていい。

佐伯は、右足を前に出し、自然体で構えた。

相手はフットワークを使って、間を盗もうとしてきた。ジャブが、連続して飛んでくる。

佐伯は体を左右に振りながら退がった。相手は、何とか自分のボクシングが、歯が立つと思ったらしく、勢い込んで攻撃をかけてくる。

ジャブからショートフック、アッパーへとつなぐ流れるようなコンビネーション。

佐伯は、大きく一歩退がった。

相手はフットワークで追いながら、大きなリードフックを出した。佐伯は待っていた。

大きく退がったのは誘いだった。

佐伯の上体が倒れた。床に右手をつく。その反作用で、左足を振り上げ踵でしたたかに相手の側頭を蹴った。

『佐伯流活法』の『倒れ蹴り』だ。

勢いあまって佐伯は倒れた。だが蹴られたほうは、さらにすさまじく、横に吹っ飛び、ソファを乗り越え、ソファの上で二度ほど転がった。

男はそれきり動かなくなった。

最初に倒された男が、息を吹き返した。身を起こそうともがいている。

佐伯はそこに近づき、無造作に相手の顔に強烈な回し蹴りを叩き込んだ。相手の顔面は、佐伯の膝くらいの高さにあったため、ローキックの要領で、最も体重の乗る蹴りを見舞うことができた。

男は、歯を空中に三本ほど吹き飛ばしながら、大きくのけぞって倒れた。鼻の骨が折れ鼻孔から血が流れ出していた。

幹部の姿がその部屋から消えていた。出入口からは出て行っていない。

佐伯は、半ば開いているもうひとつのドアのほうに進んだ。寝室のドアだ。

ドアを開け放って寝室のなかを一目見た佐伯は、一瞬にして舌が乾いていくような気分を味わった。

彼は目を細めた。ミツコがほとんど全裸に近い状態でベッドに縛りつけられている。

その光景を見た瞬間、佐伯は五人のヤクザを皆殺しにしていいと思った。

幹部は、ドスを抜き、そのミツコの喉もとに突きつけている。

「それ以上近づいてみろ。この女の喉にもうひとつ口ができることになる」

幹部は、優位に立ったと信じているようだった。彼は余裕の笑いを浮かべようとしていた。「好き勝手に暴れやがって……」

佐伯は言った。

「そう……。おまえらなら、平気で刺すだろうな」

言ったとたん、親指で『つぶし』を、続けざまに二発、放っていた。

一発は、目の下に当たり、もう一発が、右のまぶたに当たった。

目の下にも急所がある。ボクシングで、テンプルと呼ばれている。東洋的に言うと、四白《しはく》のツボだ。

一発がそこに当たり、もう一発は、まぶたの上から、水晶体をえぐった。

続いて、手首のスナップで投げる『つぶし』を口めがけて放った。顔面最大の急所といわれる人中《じんちゅう》を狙ったのだ。命中した。

人間とは思えない奇妙な悲鳴を上げた。佐伯は一気に飛び込んで匕首を抑えた。はずみでミツコを傷つけかねないからだった。

匕首を取り上げると、幹部は顔面をおさえてうずくまった。

「目が……、目が……」

佐伯は、匕首でミツコの手首のロープを切った。ミツコが上半身を起こすと、その手にドスを手渡す。ミツコは自分で足を自由にした。

佐伯は幹部の右手を握った。抵抗する力をうまく利用して、逆を取る。そのまま、肩と手首を決めて床に抑えつける。

幹部はうめいた。うめきが次第に悲鳴に変わっていく。幹部は、よだれを垂らしてわめき始めた。

骨の外れるいやな音がした。幹部は絶叫した。

「まだまだ足りない気分だが、これ以上やると、おまえたちと同じになっちまうんでな」

佐伯が幹部を眠らせようとした。

「待って」

スーツの上着を肩から羽織ったミツコが言った。彼女は黙って幹部に近づいた。足で幹部をあおむけにさせる。次の瞬間、彼女はいきなり股間に蹴りを見舞った。さらなる苦痛が、幹部に脳貧血を起こさせた。顔色を失い、汗の玉を顔に浮かべ始める。

佐伯は汚いものを見るように顔をそむけ、踵でその顔面を蹴り降ろした。

幹部はたちまち昏倒した。

13

「何とも、すさまじい……」

内村所長は、部屋のなかの惨状を眺め回しながら言った。「これを、たったひとりでやってのけたとは……」

ミツコは、内村のコートを借りて着ていた。

「こいつら、シャネルのスーツをずたずたにしやがって……」

彼女がつぶやいた。

「シャネルのスーツ？」

佐伯が尋ねた。「それは貞操より大切なのか？」

「縛られてるとこ、見たでしょう。まだパンティーをはいていたのよ。やられちゃいないわ」

「ああ……」

佐伯は、曖昧《あいまい》な表情で言った。「その……。それはよかった」

「来るなら、もうちょっと早く来てよね」

「……。悪かった……」

ミツコは内村のほうを見た。

「この人は？」

「おまえが着ているコートの持ち主だ」

「誰にでもそう紹介するの？」

「現在の俺の上司だ。ここをつきとめてくれたのはこの人だ」

「そう……」

ミツコは、うなずきかけた。「助かったわ。ありがとう」

「いいえ……。それより、早くここを出ましょう。佐伯さんは、スカイラインを使ってください。僕は白石くんの車で行きます」

「ここの後始末がある」

「放っておきましょう。彼らが自分でやりますよ。ただし、ビデオテープだけは忘れないでください」

内村はフェアレディZの助手席に乗り込んだ。フェアレディZはすぐに発進した。

運転しているのは白石景子だった。

佐伯はスカイラインGTRのエンジンに火を入れた。すぐに車を出す。たくましいトルクが体にじかに伝わってくるような気がした。

佐伯は、内村のコートを着たミツコに言った。

「おまえ、さっき、かわいくなかったぞ。俺の上司のまえでは、もっと行儀をよくしてくれないと」

ミツコは何も言わなかった。

ふとすすり上げる音がして、佐伯はミツコのほうを見た。

ミツコは唇を噛んで、泣いていた。そのうち、こらえ切れなくなって、しゃくり上げ始めた。

「くやしいよ……。ねえ、くやしいよ……」

彼女は涙声で言った。

ついには声を上げて泣き出した。

佐伯はぽつりとつぶやいた。

「そうだよなあ……。ああいう演技でもしないと、やってられなかったよなあ……」

佐伯はミツコのマンションへ戻り、朝までいっしょにいた。日が昇ると、ミツコもようやく落ち着きを取り戻した。

彼女は部屋に帰りつくなり、シャワールームに飛び込み、一時間以上出て来なかった。肌に残るおぞましい感触をすべてぬぐい去ろうと努力していたのだ。

そのままふたりで昼過ぎまで仮眠を取った。ミツコは、佐伯の腕に包まれると、また泣き出したが、じきに寝ついてしまった。

佐伯は、神経が昂ぶって、とても眠るどころではないと思っていたが、驚いたことに、ミツコに起こされるまでいつしか熟睡していた。

ミツコは、毛布の下でごそごそと身を寄せてきた。

佐伯はそのときになって初めて、ふたりでベッドに入っていることを意識した。ミツコの体は柔らかく、いい匂いがした。

「抱いて……」

ミツコは言った。

「抱いてるじゃないか」

「そういう意味じゃなくて……」

「俺がおまえを抱いたところで、ゆうべのことを忘れられるわけじゃないぞ」

「そんなんじゃないわ。あんなの、もう平気よ。だてに昔ぐれてたわけじゃないのよ。そのへんのお嬢さまとは根性の入りかたが違うのよ」

「さっきは子供みたいに泣いていたくせに」

「余計なこと言わないの」

ミツコは、手を佐伯の背に回した。佐伯の肋骨のあたりに、柔らかなふたつのふくらみが押しつけられた。

「おまえはいい女で、とても残念なんだがな……。こういうときに抱きたくない。弱味につけこむみたいだ」

「いいじゃない、それでも」

「よくない。白馬の王子さまや、スーパーマンは、そういうことをしない」

「無理しちゃって……」

「そう。無理しなくちゃ、俺もやっていけないんだよ」

ミツコは佐伯の背に回した手に少しだけ力をこめると、胸に顔を押しつけた。

「わかったわ。じゃあ、もうしばらく、こうしていて……」

佐伯は、困惑の表情でつぶやいた。

「大歓迎だとも」

彼は、そっとミツコの頭を抱いた。

朝、事務所へやって来て、最初に、ミツコ誘拐が失敗に終わったことを聞いた瀬能は激怒した。

彼は子分たちを、誰彼かまわず怒鳴り散らしたが、幹部ひとりを含む五人の組員が、全員、重傷を負って入院したことを知ると、急に沈黙し始めた。

組員のひとりが、おろおろとしながら言った。

「すいません。何せ、ゆうべの今日なもので、何が起こったのか、詳しいことがまるでわかってないんです」

しばらく黙っていた瀬能は、その組員にというよりも自分に聞かせるように言った。

「何が起こったかわかってるさ……。佐伯のしわざだ」

「でも……、どうやって?」

「何が?」

「どうやって、あのマンションをつきとめたんでしょう」

「そんなこと知るか。だが確かに佐伯のしわざに違いない」

事務所のすみで、別の組員たちがそっと顔を見合わせた。瀬能はそれに気づかなかった。彼は今や、組の面子すらどうでもよくなっていた。

佐伯に対する感情はほとんど個人的な恨みといってよかった。

組員たちは、それにはっきりと気づき始めたのだ。

瀬能と話をしていた男は、事務所内のそういった空気に気づいたが、あえて無視した。

彼は瀬能に尋ねた。

「……で、どうします？」

「遊びが過ぎたかもしれねえな……。そろそろ片をつけたほうがいい……」

「殺《と》るんで？」

「……と言って、簡単にゃいくまい。おまえ、銃の使える若いのを三人ばかり見つくろっておけ」

「わかりました」

「もういい。行け」

組員が机を離れた。彼は、部屋の反対側に行って別の組員と、声をひそめて何ごとか相談を始めた。

瀬能は子分たちのことは眼中になかった。彼は、椅子にもたれて天井を見上げた。

「佐伯……」

彼はぶつぶつとつぶやいていた。「とことんおまえを追いつめてやるぞ……」

泊屋組の若衆頭、新市《あたらいち》は、たくましい体を威嚇《いかく》的にぐいと前傾させた。角刈りの顔は凄味がある。

「もう待てねえなあ……」

社長室の外まで聞こえる大きな声で言った。マルクメ運輸の社長たちは縮み上がっていた。何度来られても、暴力団の脅しに慣れるようなことはなかった。

そのつど、社長の大町や他の取締役は、おびえ、悩まされるのだ。

大町は、この何週間かですっかり頬の肉がそげ、白髪も増えていた。

「もう少しだけ……」

「そいつはもう聞きあきたんだよ」

新市は、舎弟分をふたり連れてきていた。どちらも、武闘派の新市の舎弟分にふさわしい面構えをしている。

「まえにも言いましたが、まだ警察が目を光らせておりますんで……」

「そんな言い訳がいつまで通用すると思ってるんだ？」

「いえ、本当のことです」

「なめてもらっちゃ困るな、社長さんよ」

新市は、にやりと笑って見せた。そして、一変して、目をむき声を荒くする。

「警察のことは、こちとらは、あんたよりずっと詳しいんだ。警察はそんなに暇じゃねえんだよ」

大町は返す言葉を失った。ただ、うつむくしかなかった。

新市は舌を鳴らすと、弟分のひとりに言った。

「おい。こちらの専務さんのご家族はどういう構成だったかな？」

経理担当の取締役は、何の話かと、顔を上げ、目をしばたたいた。

舎弟分が言った。

「ええ……。中学三年になる娘さんがおられるんですよ。その下は、小学六年の弟さん。家族四人で、埼玉県の所沢に住んでおられる」

「ほう……。中学三年の娘さん……」

新市は、意味ありげに笑って経理担当取締役のいかにも気弱そうな顔を見た。

経理担当取締役の顔は不安を露わにしている。だらしなく口をあけているが、その唇がかすかに震えている。

「な……何を考えているのです」

新市は彼に言った。

「俺たちは、言ったことは必ず実行する。以前、こう言ったのを覚えていないか？俺たちの言うことを聞かないと、社員ばかりか、家族にも災難が及ぶ、と……。そう、最近の子どもは発育がいい。中学三年ともなれば、もう子どもとも言っていられない年ごろだ。こいつは楽しみだな……」

経理担当の取締役は、悲鳴に近い声を上げた。

「やめてください。そんなことは、やめてください……」

「だから、そっちの出方次第だと言っているだろう……」

「社長！」

経理担当取締役は、泣き出さんばかりの表情で訴えた。

大町社長は、苦しげな表情で思案していたが、やがて下を向いたまま言った。

「わかりました。一両日中に、その化学工場にうかがいます」

「はじめからそう言ってくれりゃ……」

新市は言った。「お互いに余計な苦労をせず、楽しく取引ができたんだ……。今日中に、セキタ化学工業に連絡を取ってくれ。ここから先は、セキタ化学とあんたらで話をつけて、直接、荷物を受け取ってくれ。俺たちはただ、お互いの会社を紹介してさしあげただけだ。そうだな」

「はい」

「まずは最初の仕事だ。これから長いつきあいになるはずだ。ケチがつかないようにたのむぜ」

新市は、ふたりの舎弟を従えて、社長室を出て行った。

取締役一同は、がっくりと肩を落とした。

杉田主任は目をむいた。

「ドラム缶百本だって！」

業務担当の取締役が、現場の主任を直接呼び出して話をすることなど滅多にない。重役室に呼ばれたときから、杉田主任は嫌な予感がしていた。

「そう」

取締役はうなずいた。「それを一日で輸送してもらう」

「いったい、どこからどこへ？」

「首都圏の、とある化学工場から、福島県いわき市にある古い炭鉱の廃鉱までだ」

「いわきなら、そんなに遠くはありませんが、それにしても、ドラム缶百本となると……。トレーラーが何台か必要となりますね……。ご存知のとおり、うちにはトレーラーが少ない。五台しかないんです。最低でも三台は必要となりますから、通常の業務を残り二台で片づけなければならなくなります」

「しわ寄せは充分に承知している。最優先でやらねばならない仕事なんだ」

杉田はすでに気づいていた。彼は遠慮なく言った。

「例のヤクザがらみの仕事ですね？」

「今さら隠してもしかたがないな。そのとおりだ」

「私は、直接、部下に輸送を命じなければならない立場です。そのドラム缶の中身をうかがっておかねばなりません」

「社外秘だ。決して社の外に洩れてはならん。そのつもりで聞いてくれ」

「はい……」

「化学工場から出た廃油だ。廃油には、トリクロロエチレンやＰＣＢ——悪くするとダイオキシンも含まれているだろうということだ」

「ＰＣＢ……、ダイオキシン……。詳しいことは知りませんが、そりゃ猛毒じゃないんですか？」

杉田の言ったことは当たっていた。

トリクロロエチレンは、トリクロの通称で呼ばれる有機塩素系溶剤だ。ドライクリーニング、メッキ工場、半導体工場などで使われている。

体内に蓄積して、肝臓・腎臓障害やひどいときには中枢神経障害を引き起こす。さらに、微量でも癌《がん》を引き起こすと考えられている。

ＰＣＢは、カネミライスオイル訴訟で有名になった有機塩素化合物で、耐熱・耐薬品性、絶縁性にすぐれているため、トランスやコンデンサーといった電機部品の絶縁体、ペンキや印刷インクなどに広く使用されていた。

一九七二年、政府の指示でメーカーは製造を中止したが、すでに出回っているＰＣＢ入り製品の回収は事実上不可能だ。

また、きわめて耐性の強い物質なので、まだ処理法も見つかっておらず、重大な環境汚染源のひとつとなっている。

ＰＣＢは、中毒症状を起こさせたり、『黒にきび』と呼ばれる皮膚病の原因になるだけでなく、酸化することによって、さらに毒性の強いＰＣＤＦに変化する。

ＰＣＤＦは、プレ・ダイオキシン物質と呼ばれている。つまり、ダイオキシンのもととなる物質ということだ。

そして、ダイオキシンこそが、史上最悪の猛毒と言われている。たいへん安定した物質で水に溶けず、半永久的に毒性はなくならない。皮膚、内臓障害を引き起こすほか、発癌性や催奇形性を持っている。

ベトナム戦争において、米軍が大量の除草剤を散布した。いわゆる『枯葉作戦』だが、その主成分2・4・5－T、2・4－Dのなかに、ダイオキシンが微量だが含まれていた。

解放後のベトナムでは、このダイオキシンが原因とみられるたいへん多くの、そして重症の胎児の奇形が報告されている。

一九七六年七月に、イタリア北部のセベソで農薬工場の爆発事故が起きた。その際に、ダイオキシンが大気中に噴出した。周辺住民は立ち退くしか術がなく、現在にいたっても、汚染土の処理法はない。

「そうだ。猛毒も含まれている」

取締役は平然と言った。

杉田は抗議しようとしたが、やめた。暴力団に、自分の部下や仲間が襲撃されたときのことを思い出したのだ。

　重役たちも、針のむしろにすわっているのだ――杉田は思った。

「わかりました。トレーラーのスケジュールを調整してみます。それに、百本ものドラム缶を上げ降ろしするとなると、パレットとフォークリフトもいりますね」

「たのむよ。早急に」

「三日ほど時間をください」

「そんなにかけてはおれん」

「では二日。私の相棒が、親戚の不幸で休んでおりますんで……」

「君の相棒が何だというんだ？　君、本人が運搬に加わろうというのか？」

「こんな仕事、部下だけに押しつけるわけにいきますか？」

　杉田は、取締役に背を向け、部屋をあとにした。


　佐伯は、用賀のマンションに戻ると、内村所長に電話した。まず、白石景子が出たが、昨夜、何事もなかったように冷静だった。彼女はたった一言、「お待ちください」と言っただけだった。

　ヤクザの車を尾行し、フェアレディZのハンドルを操り、翌日、まったくいつもと変わらず秘書業務をこなす女性——所長だけでなく、こちらも正体がつかみきれない、と佐伯は思った。

「内村です」

「スカイラインと、バーバリーのコートはどうしたらいいでしょう?」

「ああ……。昨夜はどうも……。車は、しばらくあなたが使ってくださって結構です。研究所の費用で買ったものですから。コートも今度、会うときでいいです」

「今夜は、親戚の通夜で、明日が告別式です。会社には、あさってから出ます」

「わかりました」

「ひとつ訊いていいですか?」

「はい」

「あの、白石景子というのは、どういう女性なんです?」

「いい女ですよ」

沈黙。

「あまり、あなたらしくない返事だな」

電話を切った。

14

「どうも、ご迷惑をおかけしました」

佐伯はマルクメ運輸のターミナルに出社すると、まず杉田主任に言った。

「おう。もういいのか？」

にこりともせずに杉田は言う。

「はい」

それ以上は、佐伯の親類のことに触れようとはしなかった。

「きょうは特別の仕事が入った。急ぎの仕事だ。トレーラー三台で、まず荒川区にある化学工場に乗りつけ、荷を積み込む。その荷を福島のいわき市まで運ぶ」

「何という工場です？」

佐伯は、作業する仲間の様子を眺めながらさりげなく尋ねた。

「そんなこと訊いてどうする？」

佐伯は意外そうな顔をして見せた。

「仕事のルートですよ。知っておかなくちゃ……」

「セキタ化学だ」

佐伯はうなずいた。無関心を装っている。心のなかでは、いよいよきたな、とつぶやいていた。

「出るまえに、トレーラーの点検、やっとけ」

「はい……。ちょっと、電話してきていいですか？」

「電話だろうが、便所だろうが好きにするさ。点検のしかたがよくわからなかったら、運転席にあるマニュアルを見ろ。それでもわからなかったら、誰かに訊け。いいな」

「わかりました」

杉田は事務所に向かって歩いて行った。

佐伯は、事務所の電話は使いたくなかった。話の内容を、社員に聞かれるわけにはいかない。

彼は、ターミナルの敷地を出て、公衆電話を探した。近くのコンビニエンスストアの脇に、草色の公衆電話がふたつ並んでいた。ボックスではなく、アクリルのフードをかぶっただけの公衆電話だ。

佐伯は、周囲の人通りを注意しながら、『環境犯罪研究所』に電話した。

白石景子が出て、所長につなぐ。佐伯は送話口に口を近づけ、口を手でおおうようにして言った。

「きょう、荷物が運ばれます。荷物の出所は、荒川区にあるセキタ化学」

「時刻は？」

「間もなくここを出発するようです」

「出発できなくする方法は何かありませんかね……？」

佐伯は、さきほどから、その点について考えを巡らせていたのだった。

「そうですね……」

佐伯は言った。「このあたりの所轄署は、西新井署なんですがね……。そこの刑事にちょっとした恩があるんですよ。金子という巡査部長なんですが、彼に手柄をやることを許してもらえるなら、手がありそうな気がします」

所長は、考えているようだった。あらゆる角度から佐伯の言ったことを検討しているのだ。

やがて彼は言った。

「いずれにしろ、警察の手にゆだねなければならないのです。私たちには司法権はないのですからね……。ただ、私は、その法の及ばぬ領域のことを最も気にかけているのです」

「心配せんでください。警察の領分と俺の領分は、はっきりと区別をしますよ」

「私にできることは？」

「そうですね……。私のために住むところを見つけてくれませんか？　今までの部屋には住めなくなってしまったんです」

「何とかしましょう」

佐伯はいったん電話を切り、すぐに、西新井署にかけた。警察署の電話番号というのは、局番の下に〇一一〇をつけるだけだからいたって覚えやすい。

所轄の刑事は外出していることが多いが、幸い金子部長刑事は署にいた。

「佐伯だが」

「何だい」

相変わらず無愛想な声で金子が言う。

「おいしい情報がある」

「おい、いよいよ情報屋になっちまったのか？」

「マルクメ運輸が、きょう、荒川区のセキタ化学から、産業廃棄物と思われる荷を積み出し、いわき市まで運ぶ」

「ほう……」

金子の声に表情の変化はなかった。「つまり、そいつは、例の泊屋組の差し金だというわけかい」

「そのとおりだ」

「はっきりとした確証は？」

「ない」

「それで警察が動くと思っているのか」

「思っている。マルクメのトレーラーが出発しちまったら、後の祭りなんだ。わかるはずだ。仕事が始まったら、もう泊屋組のやつらは顔を出さない。マルクメのトレーラーが出るまえにトラブルを起こさなきゃならないんだ」

「やりにくいな、元同業は……」

「本庁《ホンブ》から泊屋組の資料は入手してあるんだろう？」

「毎日睨みつけてるんでな、今では、泊屋組長より、俺のほうが組については詳しいかもしれない」

「時間がない。じきにトレーラーはここを出発しちまう」

「あんた、何とかできないか？　突然乗り込んで行って職質もできまい。捜査令状《オフダ》を取るには時間がかかり過ぎる」

佐伯はここで腹をくくった。

「ちょいと暴れていいんだな？」

「そうだな……。そうなったらパトカーで見物に行ってやるよ」

佐伯は電話を切ると、ゆっくりとターミナルに戻っていった。

金子部長刑事は、佐伯からの電話が切れると、すぐさま荒川署の刑事捜査課に電話をした。

荒川署は西新井署と同じ東京第六方面に属しており、本庁通信司令室からの呼び出し周波数も同じ一五五・五二五メガヘルツだ。

金子は知り合いの捜査員をつかまえて、セキタ化学工業に、産業廃棄物不法投棄の疑いがあるから、すぐに調べるように言った。

そうしておいて、彼は、いつも組んでいる若い刑事を従え、公廨《こうかい》をあとにした。

彼は、覆面パトカーに乗り込み、マルクメ運輸に向かった。

ターミナル内に戻った佐伯は、敷地内の北の端にある機材置き場へ行った。そこには、多少の買い置きのガソリンがあることを知っていた。

彼は、ガソリンが満たされたポリタンクをひとつぶら下げて、トレーラーのそばにやって来た。

トレーラー三台が、出発を待って並んでいる。そのうちの一台には、パレットが数枚とフォークリフトがすでに載せられている。

運転手や作業員はみな浮かない顔で何ごとかささやき合っている。正式に知らされていないが、みな、どんなものを運ばされるか、知っているのだ。

彼らは、佐伯のほうにはまったく注意を払わなかった。

トレーラーの運転手が、ポリタンクをぶら下げて歩いていても何の不思議もない。佐伯はタンクのキャップを外した。ガソリンを、三台のトレーラーの周囲にまき始める。

沈痛な面持ちで仲間と会話をしていた運転手のひとりが、ふと佐伯のほうを見た。彼の眼は、そちらに釘づけになった。とはいえ、すぐさま反応したわけではない。佐伯が何をやっているか、まったく理解できなかったからだ。

彼と話していた仲間がその様子に気づいて、彼の視線を追った。その男も佐伯を見た。やはり、何をしているのかわからなかった。

佐伯の行動は、通常の理解を超えていた。そして、彼の態度は、あまりに堂々としていた。まるで、あたりまえの作業をしているような印象しか与えない。

最初に気づいた運転手が、反射的に手にしていた煙草の火を揉み消した。

「ばっかやろう……」

運転手がようやく事態を把握したときには、すでに、佐伯は作業を終えていた。三台のトレーラーの周囲にすっかりガソリンをまき終えたのだ。

そのころには、何人かの運転手や作業員たちが佐伯の異常な行動に気がついていた。佐伯を取り抑えようと、五人ほどの人間が駆けつけた。

佐伯は、最初に迫ってきた作業員の顎を狙って横から張った。その作業員は、何かにつまずいたように足を止めた。すかさず逆の『張り』を見舞うと、気持ちよさそうに倒れた。

そのつぎにつかみかかってきた男の、手が触れる直前に入り身となって、男を地面に転がした。

うしろからつかみかかってきた男の手を取り、その脇の下をくぐるようにして、うしろへ回りながら逆を取る。

そのまま、尻を蹴り出すと、うつぶせに倒れた。

血の気の多いのが、殴りかかってきた。こういうのが、いちばん御しやすい。パンチを受けながら入り身になるだけで、後方にひっくり返った。

いずれも、相手にけがのないように気をつかっていた。

けがをさせるより、させずにあしらうほうがずっと用心が必要だし、力量もいる。

「来るな！」

佐伯は、ターミナルの広場中に響き渡るほどに大きな声で言った。

同時に彼は、ジッポーのオイルライターを左手で掲げていた。それが意味することを理解できない者は、そこにはひとりもいなかった。

すでにガソリンは気化し始めている。臭いで充分にそれがわかる。

作業員たちは、後ずさりを始め、やがて遠巻きに佐伯の様子を見守り始めた。

事務所から、騒ぎに気づいて杉田主任が駆けつけてきた。杉田は、すさまじい形相で怒鳴った。

「きさま、何のまねだ」

佐伯は言った。

「せっかく就職した会社に、違法行為なんぞやってほしくないんですよ」

「ふざけるな。そんなところでライターに火をつけたら、おまえも死んじまうぞ」

「覚悟の上です」

「ばかやろう。すぐ、そのライターを捨てろ！」

「困ったことに、そういうわけにはいかないのです」

「いったい、何が望みだ？　どうしろというんだ？」

「電話をしてください」

「どこへ」

「ここを脅しているヤクザのところにです。そして、こう言うだけでいいのです。くそくらえ！　おまえらの言いなりにはならない」

杉田は一瞬言葉を呑んだ。

その瞬間に、遠巻きに、佐伯を見つめていた人々の反感が薄らいだ。

杉田も含め、作業員たちは、今、佐伯が言った一言を言いたかったのだ。

しかし、杉田は立場上、佐伯の行動を認めるわけにはいかなかった。

「ばかも休み休み言え。そんなことができるはずはないだろう」

「そう」

佐伯は言った。「だが、電話しなくても、結局、仕事はできなくなる。トレーラーを焼いちまうんだからな」

杉田はいまいましげに唾を吐いた。だが、それは演技であり、その場にいた人々は、演技であることに気づいていた。

「待ってろ。上役と話をしてくる」

杉田はそう言うと、事務所へ取って返した。

重役たちは杉田の報告を聞いた。

すぐさま反応したのは、個人的に脅された経理担当の取締役だった。

「冗談じゃない……」

彼はおびえきっていた。すぐさま近くの電話を取ると、泊屋組へ電話した。

「社内のトラブルは、そちらで処理してもらわないと困りますね」

泊屋組の若衆頭、新市はそう言ってから、一言付け加えた。「なめてんじゃねえぞ」

経理担当の取締役は、懇願するように言った。

「お願いです。予測不能のトラブルなんです。こちらでは対処しきれないんです」

「ふざけた社員ひとり満足にあしらえないというのかい」

「警察に連絡するわけにもいきませんし……」

新市はもったいぶって舌を鳴らした。

「しょうがねえ……。俺が行く。おい。だがこいつは高くつくぜ」

新市は叩きつけるように電話を切った。そばにいた舎弟分たちに命じる。

「おい、若い者を五、六人、すぐ集めろ。喧嘩の用意、させとけ」

「はい」

舎弟分はすぐに部屋を出て行った。

新市が事務所を出たのは、それから五分後だった。


たったひとりで、佐伯が三十分以上持ちこたえられたのは、周囲の社員たちが、心の奥底では彼に共感していたからだった。

誰もが、佐伯に一縷《いちる》の望みをかけていたと言ってもいい。

彼が暴力団相手に何かをやれると信じていた者はひとりもいなかっただろう。だが、皆信じたいと願っていたはずだ。

しかし、二台の黒いベンツがターミナルのなかに猛然と突入してきて、タイヤをきしませながら急停車するのを見て、皆はその望みを捨てざるを得なくなった。

ベンツから、髪を短く刈って、黒くだぶだぶのジャージを着た若者たちが四人降りてきた。二台のベンツから二人ずつだ。

そして、一台のベンツから、新市の舎弟分がひとり、最後に、もう一台のベンツから新市本人が降り立った。

新市がゆっくりと佐伯に近づいていった。その斜め左後方に舎弟分が、そして、そのうしろに、四人の若者が続く。

新市は、佐伯と五メートルほどの距離を取って立ち止まった。彼は、ふと佐伯をどこかで見たことがあると思った。

しかし、そんなはずはないと考え、勘違いに過ぎないと思い直した。

「こわいな、本物のヤクザだ」

佐伯は左手でオイルライターをもてあそびながら言った。新市は表情を変えなかった。

「俺らを相手にそういう口をきくとどうなるか、よくわかっていないようだな?」

「そう。わかっていない。知りたくもない」

新市は、何かおかしいと思った。だが何が妙なのかはわからなかった。

彼は、佐伯の態度が虚勢ではなく、本物であることに気づかねばならなかったのだ。だが、今の新市にとっては面子が何より大切だった。

「そうはいかん。そういうことは、きっちりと教えておかなきゃならん。言っておくが、俺たちはそのトレーラーを焼かれようがどうしようが知ったこっちゃない。トレーラーがないのなら、ダンプを総動員してでもやってもらう」

佐伯は新市を見すえた。そして、そのあと人垣を見回した。彼は期待を込めて、ある人物を探していた。

ゆっくりと人垣を見回していた彼は、ついにその人物を見つけた。彼は、暴れる準備がととのったと思った。


佐伯と眼が合ったときに、西新井署の金子部長刑事はちょっとした騒ぎになると思った。彼は、若い捜査員とともに、そっと人垣を離れた。

彼は相棒の捜査員に耳打ちした。

「応援を用意させとけ。ここで何か騒ぎが始まったら、すぐに応援を呼ぶんだ。車の無線のところで待機していろ。いいか。タイミングを間違えるなよ」

「はい」

若い刑事は、さりげなく周囲を見回した。

彼は自分たちに注目している人間がいないことを確認してから、そっと路上の覆面パトカーに向かって歩き出した。

金子は、事の成行きを見守り、また、その場で交される会話をすべて聞き取ろうと、人垣のなかに戻った。


「これでも環境問題にうるさくてね。捨てちゃいけないゴミを捨てろと言われて、黙って従うわけにはいかない」

「頭の悪い野郎だ。そういうやつは早死にする」

「逆だね。おまえらと違って頭がいいから環境汚染などということを考えられる。早死に？　いいさ。俺が早死にしても、俺たちの子孫が死に絶えるよりましだ。どうだ、おまえらには難しくて、こういう話はわからんだろう」

「いいから、おまえらは、黙って言われたとおりに、廃油を運んで捨てちまえばよかったんだ。だがこれで、それだけでは済まなくなった。俺たちは見せしめに、おまえを叩き殺さねばならなくなった」

新市は、一歩退がった。

眼つきが暗い四人の若者が、両側から歩み出た。

佐伯は、彼らとの間合いを測りながら言った。

「罪をこのマルクメ運輸と、何とかいう化学工業の会社に押しつけ、自分たちだけ甘い汁を吸う。おまえたちのいつものやりかただよなあ……」

新市はかすかに頰をゆがめた。

「いや、セキタ化学も、これでおおいに助かるのさ」

固有名詞が新市の口から出た。金子部長刑事はそれを聞いたはずだ。

あとは一暴れするだけだった。

15

ガソリンとライターの脅しは、泊屋組の連中には何の効き目もない。

佐伯は、オイルライターを右手に持ち替えブルゾンのポケットにしまった。

右手をポケットから出すときには、四個のパチンコ玉を握っていた。

黒いトレーニングウェアを着た、表情のとぼしい若者たちは、佐伯を睨みつけながら近づいてきた。

四人は、自然に広がり、佐伯を取り囲もうとする。喧嘩慣れしているのだ。

喧嘩慣れというのはばかにできない。

チンピラなどのストリートファイターが、生半可な武道など何の役にも立たないと言い張るのにも一理ある。

場慣れと度胸が勝負を決める。テクニックではない。それが実戦の世界だ。

もちろん、武道の技を身に付けた上で場慣れし、度胸がすわっていれば申し分ない。

佐伯は、やや伏目にして、四人の動きをすべて視野のなかにとらえていた。複数を相手にするときのコツのひとつは、絶対にひとりだけに集中しないということだ。

佐伯は、うしろに回らせるわけにはいかなかった。

右側に来た若者の顔めがけて『つぶし』を放つ。親指で放つ『つぶし』だったので、佐伯はまったく身動きしたようには見えなかった。

突然、佐伯の右側へ回り込もうとしていた若者が、あっと叫んで顔をおさえた。

あとの三人は、声に驚き、その男のほうを見た。

戦いを見守っている周囲の社員たちも、新市たちもそちらを見た。

佐伯はさらに、もう一発、親指で弾く『つぶし』を発射した。

今度は、左側にいた男の顔を狙った。

命中して、左側にいた男が、右側の男とまったく同様に顔をおさえて叫び声を上げた。

見ていた者たちは、不思議な思いがしていたに違いない。

地面にパチンコ玉が転がったが、どこから現れたのか、まったくわからない。

新市が真っ先に考えたのは、人垣のなかから、だれかがパチンコ玉を投げつけたということだった。

新市は腹を立てたが、すぐにそれはあり得ないことだと悟った。

パチンコ玉を顔面に食らったふたりは、人垣に背を向けていたのだ。誰かがパチンコ玉を投げつけたとしても、絶対に顔面には当たらない。

若者たちの前方には佐伯がひとり立っているだけだ。

佐伯の後方は、はるか二十メートルほど先に塀《へい》があるだけで、その間には人が隠れられるようなものはない。

新市は、佐伯が何かをやったのだと考えるしかなかったが、何をやったのかは謎だった。

左側の男が悲鳴を上げた瞬間、前方にいたふたりが、明らかにおびえたように見えた。

佐伯は、滑るようにふたりに近づいた。右前方の男に、その前進の勢いを利用した『撃ち』を見舞う。『撃ち』というのは、拳で突くことだが、ただのパンチではない。

地面を強く踏みつけ、その反作用を膝のため、腰、肩の回転、上体のうねりなどで次々と増幅させていき、その衝撃力を、相手の体内に突き通すように打ち込むのだ。

打つ瞬間に、丹田《たんでん》から背に回した『気』を込める。

気を込めることで、突きの威力は数倍から十倍になるといわれている。

『撃ち』を胸の中央——膻中《だんちゅう》のツボに食らった男は、そのまま崩れるように倒れた。

本当に強力な技が決まったとき、敵は、後方に吹っ飛んだりはしない。その場に、糸の切れた操り人形のように崩れ落ちるのだ。

すぐ左側にいた男が、大振りのフックを見舞ってきた。

佐伯は身を沈めると同時に、姿勢を低くしたままくるりと相手に背を向けた。その勢いを利用して、地を掃くように足を出し、相手の足を払った。『刈り』の一種だ。

パンチを出して、体重が前方へ移動している最中だったので、相手はいとも簡単に前のめりに倒れた。

その男は、すぐに起き上がろうとした。腰をかがめた状態で振り向く。

すでに立ち上がっていた佐伯が待ち受けていた。

佐伯は、男が振り向いたのと同時に、回し蹴りを顔面に叩き込んだ。

『佐伯流活法』では、上段への蹴りは使用しない。

非実戦的だからだ。それに、上段蹴りは、高くまで脚を上げるためにエネルギーを必要とするので、破壊力が落ちる。

蹴りは中段から下段へ叩き込むのが効果的なのだ。

相手の男は、腰をかがめた状態だったので、ちょうど中段の高さに顔面があったのだ。

男は、鼻と口から血を吹き出し、のけぞってそのまま倒れた。

右側にいてパチンコ玉を食らった男が、後方から迫ってきた。やはり喧嘩慣れしている。彼は、佐伯の腰から下にしがみついて、引き倒そうとしていた。

つかまれたら面倒なことになる。一対複数の戦いで、最も危険なのは、身体の一部をつかまれたときと、倒されたときだ。

そうなると、いわゆる「袋叩き」という状態になり、反撃する術《すべ》はなくなる。

下を狙われたら、上に逃げるのが道理だ。実戦では跳躍はタブーだといわれているが、それも時と場合による。

佐伯は、右足で踏み切り、高々とジャンプした。そのまま、あおるように右足を後方へ振り回す。

ちょうど迫ってきていた男の、側面に内側のくるぶしを叩きつける恰好になった。

佐伯が着地したときは、三百六十度回転して、もとの向きに戻っていた。

中国武術で『旋風脚』と呼ばれる大技だ。中国武術は北派と南派に大別されるが、北派の代表的な技だ。空手でも、公相君《クーシャンクー》の型などに取り入れられて伝わっているが、『佐伯流活法』でも、多用することはないが別伝という形で伝わっている。

跳躍技は正確さを期することができないので、慣性や角運動量を利用することになる。角運動量というのは回転する勢いのことだ。『旋風脚』のような飛び回し蹴りは、回転に対する抵抗がないので、最も角運動量をうまく利用した技ともいえる。

こうした技は、衝撃を理想的に与えることは無理なので、相手はその場に崩れず、吹っ飛んだ。

不意をつかれ、カウンターで大技を食らった相手は、二メートルも横へ弾き飛ばされて、地面で一回バウンドした。

残ったのはひとりだった。

佐伯は落ち着き払って、その男と対峙《たいじ》した。

若者は、目の下に赤いあざを作っていた。『つぶし』が当たった跡だ。右目の下だった。おそらく、右目の視力が一時的に落ちているはずだと佐伯は思った。目の周辺に強烈な打撃を受けると、視界のなかが妙に白っぽくなり、たいへん見えにくくなるのだ。

その若者は、両手を高々と顔面の脇に掲《かか》げ、わずかに背を丸めて、立ち腰で構えた。フルコンタクト系空手の典型的な構えだ。

スタンスが広くなく、前になっている左足がやや開き気味なので、蹴り——それも上段への回し蹴りが得意であることがわかる。

佐伯は、右足を前にした自然体で、約三センチずつ、じりじりと間を詰めていった。

フルコンタクト系空手の選手は、間合いのことを単にリーチのことだと思い込んでいる。一方、伝統古武術を学ぶ者は、「間は魔」だと言ってその大切さを知っている。

間を盗めば、相手の技はすべて封じることができる。

相手の技の効力をなくし、また自分の技を最大限に生かす——それが間の攻防であり、実際には、今、佐伯がやっているように、一寸あるいは何分といった単位のやりとりとなるのだ。

伝統的な空手流派を学ぶ者も、最近では近代的な組手競技に偏向しているため、そういったことを知らない。フルコンタクト系の空手家を批判できないのだ。

佐伯は、大気の壁のようなものにぶつかった。相手の間合いだ。

そこから思いきって、一歩スライドするように踏み込む。

とたんに、相手はワンツーから右上段回し蹴りへつないだ。

ワンツーは、フルコンタクト系空手の選手がよくやる、リズムを取るための、牽《けん》制《せい》だ。

上段回し蹴りが来る瞬間に、佐伯は飛び込んで相手の胸に『張り』を見舞った。

『張り』はてのひらで打つことだ。『撃ち』よりも、直接衝撃が伝わりやすいし、圧力がかかる面積が大きいという利点がある。

佐伯が前進することで、蹴りは有効なインパクトのポイントを外される。片足の状態で、胸に『張り』を受けた相手は、もんどり打って後方に倒れた。

佐伯は、すかさず、倒れた男の右手を決め、拳を打ち降ろした。体重を乗せた拳を、中に叩き込む。若者は、ぐったりとして動かなくなった。

佐伯は、この四人に対しては、それほど残忍な技を使わなかった。まだ、見習い中の若者だ。本格的なヤクザに対するような憎しみや嫌悪感がわかないのだ。

佐伯は、新市のほうを見た。

舎弟分が、ふところに手を入れるのが見えた。同様に、佐伯も、ブルゾンの胸もとに手を入れた。

舎弟分が拳銃を抜くのが見えた。

佐伯は、ふところから手を抜くとそのまま、手を横に一閃させた。銀色の糸が伸びるように見える。

舎弟分の手首に手裏剣が突き立った。『横打ち』という手法だ。彼は悲鳴をあげて、思わず拳銃を取り落とした。小型のベレッタだった。日本で入手しようと思えば五十万円から七十万円はする。

ベレッタの落ちる音でマルクメ運輸の社員たちは、いっせいにそちらのほうを見た。

新市が、そのベレッタへゆっくりと手を伸ばした。

ベレッタを握ったとたん、早い動きになり、片膝をついて、銃口をさっと佐伯のほうへ向けた。

だが、引き金は引けなかった。

新市は、側頭に、銃口を押しつけられるのを感じた。スミス・アンド・ウエッスンの三八口径。

金子部長刑事が新市に銃を突きつけて立っていた。

「てめえ、どこの者《モン》だ？」

新市は片膝をついて、動けぬまま、横目で金子を睨みつけた。

金子は左手で、黒革に星章のついた手帳を示した。

「桜田門だ。文句あるか」

新市の顔色が失せた。

舎弟が、金子に殴りかかろうとした。

佐伯がまた手裏剣を打った。舎弟の肩に刺さる。手裏剣は、肩の重要なツボ、雲《うん》門《もん》を貫いていた。すさまじい苦痛が舎弟分を襲った。

舎弟は恥も外聞もなく、大きな悲鳴を上げた。

さらに佐伯は、続けざまに二本、手裏剣を打った。

一本は、新市の立てているほうの膝に、もう一本は、肩に突き立った。

新市は、苦痛の叫び声を上げた。

「やめないか！」

金子は佐伯に向かって言った。佐伯は言い返した。

「ここの社員がこいつらに、どんな目にあわされたと思う。こんなもんじゃ気分はおさまらない」

パトカーのサイレンが近づいてきた。金子のパートナーの若い刑事が呼んだのだ。警官たちが到着すると、新市とその舎弟、そして、佐伯も、手錠をかけられて連行された。

四人の若者はまだ昏倒したままだった。佐伯の技の衝撃力を物語っている。集まっていた人々は、佐伯に対して声援も拍手も送らなかった。だが、彼らは確かに戦いの英雄を見る眼差しで佐伯を見つめていた。

「どういうからくりかはよくわからんが――」

金子は自分の机の脇に椅子を持ってきて佐伯をすわらせていた。まだ手錠はつけたままだった。

「本庁《ホンブ》の捜査四課が出て来ないで、俺んとこに手柄をくれたわけだ」

「おたくの管轄《ナワバリ》なんだ。当然だろう」

「訊いていいかね？」

「だめだ。俺が今どういう立場で、何をしようとしているか訊くつもりだろう」

「わかってるのかね。あんた、今、威力業務妨害と傷害の現行犯で逮捕された被疑者なんだぞ」

「威力業務妨害については、おおいに情状酌量の余地がある。違法行為を防ぎ、暴力団の脅迫を暴こうとしてやったことだからな。傷害のほうは、見ていた社員たちが正当防衛だと証言してくれるはずだ。第一、俺はあんたに、手柄をやった」

金子はしばらく考えていた。彼はじっと佐伯を見つめている。

佐伯の言うことは間違ってはいない。しかし、彼は法を犯していないと言い切れるだろうか。そして、刑事としてそのことにあえて目をつぶることはできるだろうか？

考えたすえ、金子は言った。

「俺は、取引はしない」

「いいさ」

また、金子の長い沈黙。

しばらくして金子は溜め息をついた。

「これは重要な質問だ。正直にこたえてくれ。あんたは、まだ警察官なのか？　警察官として泊屋組とマルクメ運輸の一件に関わったのか？」

佐伯はちょっと考えてからこたえた。

「ほとんどの権限は棚上げにされ、ある機関に出向を命じられた。だが、身分はまだ警察官のはずだ」

彼は付け加えた。「多分ね」

金子は、手錠の鍵を取り出した。

佐伯は何も言わなかった。金子も無言のまま佐伯の手錠をはずした。

佐伯は、両方の手首を交互にこすった。赤い跡がついている。

金子は、いつもの不機嫌そうな顔つきで、机上の書類を眺めながら言った。

「警官だというなら、公務でやったことだ。公務を執行するうえで、行き過ぎた越権行為はあったかもしれんが、それは、本庁《ホンブ》の警務部が気にすることで、俺がとやかく言うことじゃない」

佐伯は尋ねた。

「それで、つかまえた泊屋組の連中はどうなるのだろう」

金子は顔を上げて、天井を見た。佐伯の顔を見ようとはしなかった。

「銃刀法違反、傷害、それから、銃口をあんたに向けて明らかに発射する意志を見せたから殺人未遂もくっつけられるかもしれん。ここまでが現行犯。荒川署が、脅したりなだめたりでセキタ化学から泊屋組との関係を聞き出した。これでセキタ化学とマルクメ運輸への恐喝が明らかになる。マルクメ運輸の社長か誰かが腹をくって訴えてくれれば、先日の襲撃も立証できて、さらに暴行傷害並びに凶器準備集合罪も成立するな」

「つまり、あそこにいた幹部らしい男も逃げられないというわけだ？」

金子は、書類に眼を戻した。

「逃がすもんかよ」

「誰なんだ、あいつは？」

「元捜査四課の鬼のデカ長が知らんというのか？」

「知ってるだろ。現場のことについちゃ、所轄にはかなわんのだ。書類仕事が多いんでな」

「ありゃあ、泊屋組の若衆頭やってる新市《あたらいち》ってやつと、その舎弟分だ。あんたが叩きのめしちまった四人は、新市があずかっている行儀見習の若い者《モン》だろう」

「……ということは、泊屋組にとっては、ちょっとした痛手だったということだな」

「泊屋ってのは合理主義だからな……。ミソつけたやつは、トカゲの尻尾みたいに切り捨てちまうんじゃないのかい」

「チンピラの鉄砲弾ならそうするだろうが。幹部となるとそうもいかないはずだ。組の顔というものがある。泊屋組は坂東連合のなかでも、大きな勢力を持っている。面子があるはずだ」

「だが、何ができる？　せいぜい高い金を払って、正義よりも金を重んじる弁護士を雇うくらいなものだろう？」

「そうかな……」

佐伯がそう言うと、ようやく金子は佐伯のほうを向いた。

「泊屋が、まだマルクメ運輸にちょっかいを出すというのか？」

「いや、マルクメ運輸じゃあない。仕事をひとつつぶし、若衆頭を刑務所に叩き込むきっかけとなった男に、だ」

「つまり、あんたに……？」

「ヤクザってのはそういうもんさ。蛇《へび》よりしつこいんだ」

「知ってる。……で、どうしようというんだ？」

「聞かないほうがいいと思う」

「西新井署の金子をなめてもらいたくないな」

「なめてはいない。知っていると面倒なことになることだってあるんだ」

金子は、またしても無言で佐伯を見つめていた。

佐伯も、何も言わずに金子を見返している。

やがて金子は眼をそらした。机の上の書類に向かう。

「あんた、もう被疑者じゃないんだ。帰っていいぞ」

佐伯は立ち上がった。

彼は、その場を立ち去ろうとした。その背中に、金子は言ってやった。

「死んじまったら、つまらんぞ……」

佐伯は振り向かず、歩き出した。

16

佐伯は、スカイラインＧＴＲで『環境犯罪研究所』に出勤した。

「おはようございます」

白石景子が品のいい笑顔で迎えた。心のこもった笑顔ではないかもしれないが、その点を差し引いても充分に魅力的だ。

「おはよう。所長、いるかい？」

「はい」

佐伯は、左手に所長のステンカラーコートをかけ、部屋のドアをノックした。

「どうぞ」という声。ドアを開けると、内村所長は、やはり右横を向いて、コンピューターのディスプレイを見つめている。

「コートを返しに来ました」

「ああ……」

所長はディスプレイに熱中して生返事をする。

佐伯は小さくかぶりを振ると、もう一度、開いているドアを叩いた。

「どうぞ」

反射的に内村が言う。

「所長」

佐伯が少しばかり大きな声を出すと、内村はようやく佐伯のほうを向いた。目を大きく見開いた驚きの表情。子供が、自分の理解できない理由でおとなに叱られたときのような顔つきだ。

無防備で頼りなく見える。

だが佐伯は、この男が充分頼りになることをすでに知っていた。

内村は、佐伯と同じくらいの年齢か、あるいは、年下かもしれない。それでも、佐伯は、この男を上司として認め始めていた。

「コートを持ってきたのです」

「ああ……。ありがとう……。マルクメ運輸ではご苦労でしたね」

「警察にいるころは、あれほど派手にヤクザどもと渡り合うことはできませんでしたからね……。長年の欲求が解消された思いです」

「危険な廃油の不法投棄も未然に防ぐことができました。経過を報告してもらえますか？」

佐伯は、西新井署の金子と話し合ったことをすべて伝えた。

内村はうなずいた。

「これで、セキタ化学とマルクメ運輸の一件は片づいたと考えていいのでしょうか？」

「その二社に関してはもうだいじょうぶでしょう」

「どういう意味です？」

「泊屋組は、この俺を放っとくような連中じゃないということですよ」

内村はまたうなずいた。

「泊屋組組長の泊屋道雄は、今でこそ組織を株式会社にして近代化を図っていますが、もとは、坂東連合宗本家である毛利谷一家の懐刀だった危険な男ですからね」

彼は、キーボードを叩き、しばらく待った。

いったんディスプレイが消え、別の文字列が映し出された。内村は、それを見つめながら言った。

「そして、代貸の蛭田伸次《しんじ》……。近代ビジネスの裏側で、本来の暴力団としての役割を、この男がすべて担っていると言ってもいいでしょう」

「驚いたな」

佐伯は言った。「詳しいですね……」

「データを拾っているだけです。データをいくら詰め込んでも、それを取り出して加工しなければ、何の意味もないのです。警視庁などは、超一流のデータバンクなのに、それを生かそうとする人があまりいないのは残念ですね」

「みんな忙し過ぎるんですよ。都内の犯罪が十分の一になったら、そういうことを考える人間も増えるでしょう」

内村は、肩をすくめて、話題を変えた。

「ところで、マルクメ運輸におけるあなたの立場はどうなったのですか?」

「これから電話して辞意を伝えます。もっとも、すでに解雇するつもりでいるかもしれませんがね……。俺はマルクメ運輸と関係を絶っておかねばなりません。でないと、また泊屋組からの圧力がマルクメ運輸にかかることになりますからね……」

「わかりました」

佐伯は、部屋を出ようとして、立ち止まり、振り返って訊いた。

「そういえば、俺の新居は見つかりましたか?」

「ああ……。そのことなら、白石くんに訊いてください」

「あのスカイラインＧＴＲはどうします？」

「必要でしょう。もうしばらく使っていただいてかまいませんよ」

佐伯はうなずいて部屋を出た。


マルクメ運輸の人事課長に電話をすると、本人都合の依願退職にする、と最大の誠意を示してくれた。ごくわずかだが、日割りの給料と、色をつけた退職金までくれるという。

佐伯は礼を言って、口座番号を教えた。

電話を切ると、驚いたことに、感傷的になっている自分に気がついた。

白石景子に悟られるのではないかとひそかに心配した。

佐伯は咳ばらいをしてから、事務的な声で白石景子に尋ねた。

「所長が言うには、俺の新居について、君が詳しく知っているということだが？」

「はい」

彼女は顔を上げた。「国家公務員待遇の融資を用意しました。ここの給料で不自由なく返済できる金額と金利です」

「言っていることがよくわからないが……」

「あなたは、根津の家と土地を正式に相続しておいでです。土地さえあれば、家を建てるのに、それほどのお金はかかりません」

「つまり、あの爆発事件のあった土地に家を建てて住め、と……。そのために、ローンを組んでくれた——そう言いたいのか？」

「所長からの指示です。それが最も合理的だ、と……」

「しかし、何か月もかかる。俺はすぐに引っ越さなきゃならないんだ」

「大きな荷物は、倉庫会社の月極めサービスにあずけていただきます。家具とか、電機製品とか……。その費用は、研究所で持つそうです。最低限の荷作りをして、しばらく同居していただくことになります」

「同居？　誰と」

「私とです」

佐伯は、口をぽかんとあけた。そのあと眉をひそめ、唇《くちびる》をなめた。

何を言っていいのかわからない。

「いや……。そいつは……。君、家族は？」

「奈良におります。こちらでは、ひとり暮らしをしてます」

「ひとり暮らしの君が、この俺と同居するというのか！　いや、そいつはだめだ。

お断わりだ」

「それ以外にいい方法が見つからなかったのです」

「所長にたのんだ俺が間違いだった。あの人は、どこか現実の世間からずれたところがある。あんたもだ。どうして、男と同居することなんかを承諾したんだ？」

「ニューヨークなんかだとよくあることです」

「ここは東京だ。もういい。俺が自分で探すよ」

「時間の無駄です。所長の指示に従ったほうが賢明だと思いますが……」

「君は独身だろう？」

「もちろん」

「独身の女性が、独身の男とひとつ屋根の下に住んで、平気だというのか？」

「とにかく、一度、私の住んでいるところをごらんになっていただきたいですね」

白石景子はあくまでも淡々と言った。どんな抗議も暖簾《のれん》に腕押しという感じだった。

彼は、議論をあきらめた。

「わかった。じゃあ一度拝見に行こう。それで同居が無理だと判断したら、俺は自分で住むところを探すことにする。いいな？」

「けっこうです」

白石景子は、眼をコンピューターのディスプレイに戻し、何かのデータを猛烈なスピードで打ち込み始めた。

佐伯は、ふと、今の議論のなかで、ひっかかるものがあったのを感じた。それが何なのかはわからなかった。

聞き流してしまった相手の言葉のなかに、何か大きな意味が——それほどおおげさでないにしろ、佐伯にとってはちょっとした意味がある一言があったような気がした。

気になったが、なかなか思い当たらなかった。

彼は考えるのをやめた。ふと思い出して、ミツコに電話してみた。

彼女はまだ寝ていたが、元気だった。

泊屋組の代貸、蛭田は、組長の命を受けて、マルクメ運輸に電話していた。

マルクメ運輸では、大町社長が電話に出ていた。

「まだ私らにつきまとうのか」

大町社長は言った。「今度はちゃんと警察の力を借りるぞ」

蛭田はうんざりとしたが、あくまでも丁寧な口調で言った。

「ご心配なく。一度ケチがついた仕事は、あっさりとあきらめることにしてますんで……。ひとつだけ教えてくれれば、もう二度と電話もしませんよ」

「何が訊きたいんだ」

「派手に立ち回りを演じてくれた、おたくの社員ね――あの人の名前を教えてほしいんだ」

「聞いてどうするつもりだね」

「それは、おたくには関係ないことでしょう」

「そう……。関係ない……。彼はけさ、依願退職をしたと聞いている。だから、もうわが社とは何の関係もないんだ」

「ならば教えてくれてもいいでしょう。今後何があろうと、おたくの会社には迷惑はかからない」

「だが……。彼はわが社をある種の危機状態から救ってくれたのだ……」

「別に、私ら、何をすると言っているわけじゃないでしょう。ただ、あの人の名前が知りたいと言ってるだけなんですよ。名前さえ教えてくれれば、もう二度とおたくへは電話もしなければ、組《ウチ》の者《モン》が訪ねていくこともない――こう言ってるんだ」

わずかの沈黙。

「……本当にこれっきりにしてくれるんだな……」

「約束しますよ」

「ちょっと待ってくれ」

社長は電話を保留にした。人事担当者に名前を尋ねているのだろう。

保留が解除された。社長が蛭田にその名を伝えた。

蛭田は受話器を置いた。だがそのまま受話器から手を離さず目を細めて考え込んだ。

佐伯涼という名前は知っていた。泊屋組ほどの暴力団の幹部をやっていて、佐伯涼の名を知らなければモグリだと言っていい。

蛭田は、立ち上がり、社長室へ急いだ。

話を聞いた泊屋道雄は面白くなさそうに、顔をしかめていた。

「そいつは、池袋の瀬能が新宿の兄弟分の仇だと言っているやつだろう」

「間違いありません」

「すると、何か？　うちの新市のやつは、警察にはめられたってことになるのか?」

「日本の警察は、検察が証拠能力ってことにうるさいんで、囮《おとり》捜査や潜入捜査を禁じているんです。どうも、警察のやりかたとは思えませんがね……」

「そう言えば、瀬能は、佐伯が刑事をやめたと言っていたな……」

「偶然かもしれませんがね……。佐伯は本当に警察をやめた。そして、たまたま就職した会社にうちがからんでいた……」

「どうかな……。その運送屋が仕組んだとは考えられないのか?」

「そんな肝のすわった連中じゃありませんや。新市の話だと、一度痛めつけてからは、何でも言いなりだったということですから……」

「佐伯か……」

泊屋組長は、暗い光をたたえた眼をじっと宙に向け考えた。「新市が逮捕されて、見習いの小僧たちが入院させられたのは事実だ。このまま放っておくわけにはいかないが、相手にするには、ちょっとばかり面倒なやつだ」

「警察官《サツカン》ならいざ知らず、今の佐伯はひとりですぜ」

「つきあいがすぐに絶えるわけじゃあるまい。まだやつは警察《ヒネ》に顔が利くはずだ」

「なるほど……」

「瀬能とうまく話をつけるか……」

「池袋と……?」

「どうせ佐伯を殺《と》りたがってるんだ。黙っていても動くだろう。だが、新市がこけにされた相手を、甥っ子筋のやつに殺《と》らせたとあっちゃ、泊屋組の立つ瀬がない」

「はい、それはもちろん……」

「うまく立ち回れば、こちらは実害を受けずに、面子を守れるかもしれない」

「つまり、池袋を利用するんで……?」

「おいおい」

泊屋は初めて笑った。「人聞きが悪いな。瀬能は甥筋に当たる男だぞ」

「はい……」

「とにかく、早急に瀬能と話をしてくれ。ただし、マスコミにわが社の名前が出るようなことのないようにな」

「心得ています。裏の世界で、筋を通したという評判が立てばいいのですね」

「そうだ。すべておまえにまかせる」

「わかりました」

蛭田が瀬能組のドアを開けると、まず、中堅どころの組員がさっと立ち上がった。

「あ、代貸。どうも……」

その声を聞いて、若い連中が飛び上がるように立ち上がり、口々に「ごくろうさんです」と言う。

「おう。組長、おるか?」

蛭田は、自分の舎弟分をふたり従えている。

瀬能が部屋の一番奥の机で立ち上がった。

「蛭田の兄貴……。いったいどうなさったんです。呼んでくれりゃ、こっちから出向いたものを……」

「いや……。ちょっとこちら側から相談事があったもんでな……」

「ま、どうぞ、奥へ」

「邪魔するぞ」

蛭田は応接セットに腰を降ろした。

「佐伯のことだ」

蛭田は、前置きなしに言った。瀬能は不意をつかれた気分になった。蛭田の狙いどおりだった。

「佐伯の……？」

「新宿の兄弟分の仇だそうだな……」

「でも、その件はもう伯父貴と話がついています。瀬能組のほうで片をつけるということで……。そういうことで仕度金をいただいたわけで……」

「ところがな、実は、うちのほうでも直接、佐伯とからみができちまってな……」

「というと……？」

「組の恥だ。詳しいことは訊かんでくれ」

「……すいません」

「そこでだ……」

蛭田がパーラメントをくわえると、うしろに立っていた舎弟分が火をつけた。

「オヤジとしては、佐伯は泊屋組で始末しなくちゃならなくなったわけだ」

瀬能は、はっと顔を上げた。

「いや、それは……」

「聞け、瀬能。おまえの恨みに思う気持ちはよくわかる。兄弟分を殺られたのだからな……。だが、言うなればそいつは個人的な恨みだ。おまえの組が直接被害をこうむったわけではない。だがな、うちは、直接、組が恥をかかされたんだ、わかるな、そのへんは」

「……わかります。ですが、伯父貴。俺も引くわけにはいかんのです。すでに、拳銃《チャカ》も用意して、首をとる準備はととのっているんですよ」

瀬能は、すがるような眼をして言った。

「おまえ、佐伯の家族同然だった親戚を皆殺しにしたっていうじゃねえか。そのうえ、佐伯の女にも手を出そうとしたらしいな……。それで充分じゃねえか?」

「佐伯の女を狙ったうちの幹部やその舎弟分が大けがで入院させられちまったんです。恨みがまた増えたんですよ」

「泥仕合だな」

蛭田はおおげさに溜め息をついた。「組の連中だって、そうそうおまえの個人的な恨みにつきあっていられないんじゃないのか?」

その言葉に、事務所内にいた組員たちは動揺した様子だ。しかし、瀬能は言い張った。

「そんなばかな話がありますか。親の恨みは子の恨みだし、親の恥は子の恥だ。そうでしょう」

「なら、うちの組の恥はどうなる? ええ? おまえ、伯父貴の恥はどうでもいいというのか?」

「いや……。それは……」

「そういうことなら、こっちにも考えがある」

「待ってください。そういうことじゃないんで……」

「うちのオヤジはな、ああいう近代的な人だ。切った張ったが好きなわけじゃない。そのオヤジが、どうしても、佐伯だけは自分の組で始末したいと言っとられるんだ。ここは、ひとつ、俺たちに譲るわけにはいかんか?」

瀬能はうつむいて、子どものように唇を噛んでいる。

蛭田はしばらく彼の出方を見ることにした。もう一本煙草に火をつけた。

ついに瀬能は言った。

「こういうことでしたらどうでしょう。俺が、伯父貴の組の鉄砲弾になるということでは……?」

「おい……」

蛭田は眉をひそめた。が、心のなかではにんまりしていた。「組の連中が、そんな話を呑むのか」

「納得させます」

「つまり、おまえは、あくまで泊屋組の人間として佐伯を始末するというんだな」

「はい」

「オヤジが聞いたら、涙を流すに違いない。俺からも礼を言う。このとおりだ」

蛭田は両膝に手を置いて頭を下げた。

「そんな……。やめてください兄貴……」

「その代わりと言っちゃ何だが、金が必要だったら言ってくれ。それくらいのことはさせてもらわにゃ……」

「金はもういただいてますから……」

十分後、車に戻った蛭田は、笑いをこらえるのに苦労していた。

「長生きできるかできないかは、頭《ペテン》で決まるんだな」

蛭田は言った。ふたりの舎弟分は、前の座席でにやにやと笑いながらうなずいた。

ついに、蛭田は声を上げて笑い出した。

17

佐伯は、白石景子に横浜の山手まで連れてこられた。

横浜までは東急東横線を使ったが、電車に乗っている間、ふたりはほとんど会話を交さなかった。

佐伯は、無理に話題を探すようなまねは苦手だったし、白石景子は、いつもの超然とした態度を崩さず、お互い黙っていることをまったく気にしていない様子だった。

坂を登り、いくつか角を曲がると、鉄の柵《さく》で囲まれた小さな公園のようなところに出た。

白石景子はそこで足を止めた。

よく見ると、鉄の柵は、彼女が立ったところで切れ、そこは門になっている。彼女は門の脇についているインターホンのボタンを押した。

老人らしい声で返事がある。白石景子は言った。

「今、帰りました」

電気じかけで、門のロックが解かれた。白石景子は鉄柵を横にスライドさせて、先に門のなかへ入った。

「どうぞ」

佐伯に言った。

「たまげたな……」

佐伯は入って門を閉めた。

はじめ、公園に見えたのは、木々がおい茂り、広い芝生がその合い間からのぞいていたからだった。

長いアプローチを歩いていると、正面に古い洋館が浮かび上がった。中央に玄関があり、その上が吹き抜けの塔になっている。

その左右に翼を広げるように棟が伸びている。二階建てだが、たいへん立派に見えた。ホテルと言われても信じたかもしれない。

玄関を入ると、映画で見るような、年老いた執事が出迎えた。

「お帰りなさいませ」

玄関ホールは、長い時間に磨《みが》き上げられた木材の重厚な落ち着きがあった。

ホールから二階へ階段が伸びており、二階の廊下はテラスのようになっていて、ホールを見降ろすことができる。

執事が言った。

「すぐにお食事になさいますか?」

「そうするわ」

白石景子が言った。「あたしは着替えてきます。お客様を、お部屋にご案内して。このかたが、きのう、お話ししたかたよ」

「さようでございますか」

本物の執事らしく、まったく好奇心の気配を見せない。「どうぞ、こちらへ」

佐伯はもう、何かしゃべる気などなくしていた。

二階の一室に案内された。廊下の一番手前の部屋だ。部屋は少なく見積っても十以上あった。

部屋のドアを開けると、ベッドが用意されており、ナラ材を使った素朴なライティング・ビューローとクローゼットが見えた。

「荷物を置かれましたら、食堂へご案内いたします」

執事が言う。

「夕食だって？　ディナー・ジャケットなんか持ってこなかったよ」

執事は、驚いたように目を丸くして言った。

「普段着で――もちろん、そのままで結構でございます。お嬢さまもくつろいだ服装をなさるはずです」

「冗談だよ」

佐伯はあわてて言った。

執事は、にやりと笑って見せた。

「もちろん、そうでしょうとも。私もわざと驚いてみせたのですから」

佐伯も笑った。

ここに住むことになっても、この執事とはうまくやっていけるだろうと、一瞬思った。

白いテーブルクロスをかけた細長いテーブル。そして、背もたれがまっすぐで高い椅子。

テーブルの中央には、大きなキャンドル・スタンドがあった。銀の器にくだもの。何もかもが、古い映画に出てくるような典型的な昔ながらの西洋風食堂だ。

確かに白石景子はひとりで住んでいた。こういう場合、執事や料理人のことは人数に加えないのだ。

料理をしているのは、執事の妻だということだった。

執事が言ったとおり、白石景子はくつろいだ恰好をしていた。着古したジーパンに、鮮やかな黄色のスウェットだった。

事務所で見るよりはるかに若く見える。化粧を落としたせいだと、佐伯は気がついた。意外と清楚な感じがした。

スープから始まって、デザートで終わる食事かと思っていたら、純日本風の夕食だった。味つけは、関西風だった。

佐伯は、白石景子から、かなり離れた席にすわっていた。

景子は気がついて言った。

「もっとそばにいらしたら?」

佐伯は言われたとおりに、景子の真向かいに移った。

「俺は驚きっぱなしなんだ。君がこんな家に住んでいて、しかも、ひとり暮らしだということに……」

「これなら、ひとつ屋根の下に、しばらく住んでもかまわないでしょう?」

「問題ないように思う」

「あたしは、佐伯さんと似ているの」

「似ている？　俺に似たら、もっと不細工なはずだが？」

「この家は、私の先祖の遺産なんです」

「なるほど、そういう意味か。確かに俺は、東京の家を相続した。だが、こんなに立派じゃない」

そこまで言って、佐伯は気づいた。さきほど事務所で交した会話のなかで、何にひっかかりを感じていたかがわかったのだ。彼は言った。「そうか、さっき、君は家族が奈良にいると言ったね。故郷も俺といっしょだというわけだ」

「そう。そして、ひとりぼっちだということも……」

「家族が奈良にいるんだろう？」

「奈良にある墓のなかに、ね」

「ほう……」

佐伯は食事の手を止めた。

「この家と土地は、あたしの先祖と両親の唯一の遺産というわけです」

「唯一でも、これだけの土地が横浜の山手にありゃあ、運用次第でいくらでも儲けられるな……」

「今はその気はありません……。この家にも思い出がありますし……」

「税金がかかるだけだろうに……」

「世の中には損得勘定では測れないものがあると思いますわ」

「こういう生活を長く続けていると、そういう考えかたができるようになるかもしれないな」

景子は、その言葉には取り合おうとしなかった。

「気づかないのも無理はありませんが、これだけ素性が似通っている人間が同じ研究所に出向させられたのは妙だと思いませんか？」

佐伯は黙って白石景子を見つめていた。景子が何を言いたいのかまったくわからなかった。

彼女は、この家に来てから、妙に自信に満ちているように見える。事務所にいるときの有能さとは、質の異なった力強さを感じさせる。

佐伯は、景子の言葉より、その雰囲気のほうが気になっていた。

景子は続けた。

「しかもメンバーは、たったの三人」

佐伯は返事をしないわけにはいかなくなった。彼女が話題を変えようとしないのだ。

「メンバーを選出したのは、所長か？」

「そうだと聞いています」

「なら、所長の趣味の問題だろう？」

「趣味」

景子は、おもしろそうにほほえんだ。

佐伯は、不思議なことに不安を感じた。景子はもう一度、同じ言葉を繰り返した。

「趣味ね……。案外、的を射ている考えかもしれませんわ」

「君は、所長の意図を知っているのではないのか？　あの事務所では、コンピューターのディスプレイでどんな情報でも共有できるはずだ」

「意図はわかりません。でも、あなたが今言われた趣味のようなものは読み取ることができますわね」

「奈良の出で、天涯孤独で、親の遺産を持っている――それだけで何がわかるというのだ？」

「それだけでは、何もわからないでしょうね。あなたの家柄はたいへん古く、しかも、由緒があります。大化の改新に関わったお家柄ですからね。そして、民族的な問題がひとつ……。佐伯連《さえきのむらじ》というのは、蝦夷《えみし》を束ねていたのでしょう」

「そうらしい。君のところもそうだというのか」

「あたしの母方は、葛城《かつらぎ》という姓なのです。この財産はそちらのものですわ。葛城の家には男子が生まれなかったもので……」

「女系家族というわけか。別に珍しくもない。葛城という姓も、そう珍しくはないだろう」

そこまで言って、佐伯は言葉を切った。あることに気づき、彼は、景子をまじまじと見つめた。

沈黙が続いた。佐伯の驚きの表情とまったく対照的に、景子は静かにほほえんでいる。

佐伯が言った。

「佐伯と葛城……。まさか……」

「そのとおりですよ」

「君の祖先は葛城稚犬養連網田《かづらきわかいぬかいのむらじあみだ》だというのか？　俺の祖先とともに蘇我入鹿《そがのいるか》を暗殺した、あの葛城だ、と……」

「そうです。そして、稚犬養連《わかいぬかいのむらじ》は、佐伯と似たような人種的問題を請け負っていたのです。つまり、犬の民――犬の行動をまねる特徴を持っていた南海系の先住民、隼人《はやと》を管理していたのです。古代から中世まで、佐伯連の蝦夷と、隼人は宮廷警護についていたことで知られていますからね……」

「しかし……」

「驚かれるのも無理はありませんわ。ちなみに、現在のあなたとあたしの経済力の差は、入鹿暗殺後の中大兄皇子の待遇の差でもあったわけです。あなたのご先祖は実より名を求め、わが先祖は名より実を――つまり財力を求めました。それ故佐伯連子麻呂は、その後も、日本の歴史に何度か顔を出しますが、葛城稚犬養連網田は、それきり、表の歴史から消え去ってしまうのです」

「趣味の域を出ない話だな……。あの内村所長はどうも妙なところがある。大化の改新のきっかけとなった暗殺事件――その末裔《まつえい》がたまたま生きていた。そのふたりを研究所に呼び集めて、いったい何をやらせようというのだろう？」

「その点はまったく謎としか言えませんわね」

佐伯はそれ以上、その問題を考えたくなかった。しかし、自然に質問が口をついて出た。刑事をやっていたときからの習慣がそうさせたのかもしれなかった。

「俺は、先祖代々、わが家に伝わった武術を学ばされた。君は、何かそういうものを受け継いでいるのか?」

「いいえ……。私の先祖は、どうやら武士としてよりも、商人としての才覚があったようです。また、語学に堪能な者が多く、貿易の世界でおおいに活躍したのです。この横浜の屋敷は、その名残です。先祖から受け継いだのは語学の才能かもしれません」

「ほう……。語学が得意なのか?」

「日本語、英語、スペイン語、フランス語を話せます」

「なるほど……」

佐伯は、内村の顔を思い出していた。何か大きな計画を持っているのか、それとも、単なる趣味でしかないのか——佐伯には、その点の判断もつきかねた。

だが彼は、決して内村を怪しんではいなかった。

すでに彼は、内村を信頼しているようだった。

食事を終えると、妙に疲れていた。白石景子に、お茶を誘われたが、断わり、寝室に引き上げた。

肉体的な疲れだけではない。むしろ、精神的な疲労のほうが深かった。

泊屋組の動きが気になっているところに、白石景子から妙な話を聞かされたせいもあった。

今夜は、これ以上、彼女と話をしたくなかったのだ。

ブルゾンを脱ぎ、自作の手裏剣ホルスターを外す。両方をベッドに放り出すと、窓に近づいた。

カーテンをわずかに開いて外を見た佐伯は、思わず、大きく息を吸い込んでいた。

木々の間から、はるか丘の下の港の光が見えたのだ。

彼は一瞬、まるで別世界にいるような美しさを感じた。


「野郎の部屋《ヤサ》は空っぽです」

組員が事務所に戻るなり、瀬能に報告した。「どうやら、引っ越しちまったらしいんです」

「根津の家のほうはどうなんだ？」

「人が住めるありさまじゃないんで……。まだ手付かずで放ってあります」

「何とかいう女がいたじゃないか。そこはどうなんだ？」

「今は、別のやつに行かせてますがね……。電話が入るはずですが……」

「女のところにいないとすると、完全に姿をくらましちまったかな……」

組員は何も言わなかった。

瀬能は、若衆頭の菊池剛に言った。

「若い者を総出で動かせ。何としても佐伯のやつを見つけるんだ」

「わかりました……」

菊池は、迷っている様子だったが、文句は言わせない。実際、このところ、稼業のほうが、とどこおりがちだった。

地上げ、債権の取り立て、用心棒代《ミカジメ》などは、まめに動き回ってこそ稼ぎになるのだ。

さらに、競馬、競輪のノミ屋は、時間が勝負だ。

このところ、そういう仕事の実働部隊が、瀬能の仇討ちのために、振り回され、稼ぎが上がらないのだ。

加えて、地価は下落気味で、地上げ、土地転がしのうま味が減り始めている。

だが、瀬能は、そういったことは百も承知なのだ。

瀬能は、極道の本来の姿は、切った張ったの戦争だと考えていた。喧嘩をして勝ってこそ、さらには自分たちに逆らう者を殺してこそ、極道の存在理由があるというのが、彼の心の奥底にある考えだった。

収入《シノギ》も必要だが、喧嘩で負けるようでは、その収入《シノギ》すらなくなるというのが持論だ。

瀬能にとっては、今、佐伯を討つことが、最優先事項なのだ。

実際に動き回る組員たちは、正直言ってうんざりし始めていた。若衆頭の菊池はそれに気づいていた。だがどうしようもないのだ。彼は、用事を足しに出かけるふりをして、事務所から出た。

瀬能は、長い髪をオールバックにした、拳銃好きの幹部のほうを見た。彼の名は、秋月《あきづき》といった。

ロサンゼルスのリトル・トウキョウあたりで、現地のチンピラと、文字どおり、命を張ったストリート・ファイトを繰り返してきた実績があった。

瀬能組の戦闘隊長であり、瀬能の右腕でもある。

「おい、秋月。銃を持って出る戦闘員はだいじょうぶだろうな？」

「組長《オヤ》ッさんがあずけてくれた三人は、まあまあですよ。あと、俺と組長《オヤ》ッさんが一挺ずつ持つ。俺にまかせてください。問題は、いつ佐伯が見つかるかということだけです」

「とどめは俺が刺す。それだけは忘れるな」

「わかってます」

瀬能は、考え考え、言った。

「佐伯を探し出すのに、伯父貴が力になってくれるかもしれねえな……」

秋月は相槌を打つ。

「それくらいは、してくれていいでしょうね」

「よし。ちょっと、赤坂まで行ってくる」

秋月はうなずいて、出入口付近にいた若い連中に声をかけた。

「おい。組長がお出かけだ。車の用意をしろ」

泊屋は瀬能を歓迎した。

自分の組のために、鉄砲弾になっていいとまで言ったことについて、泊屋は何度も礼を言った。

もちろん、それは泊屋の策略のひとつだった。

「実は伯父貴」

瀬能は、たっぷりといい気分にさせられたあと、相談を持ちかけた。「佐伯のやつを見つけ出すのに手を貸していただきたいんで……」

「姿をくらましたのか？」

「居所がわからんのです。こっちも手を尽くしてるんですが、何分、人手が足らなくて……」

泊屋は大きくうなずいた。

「当然、できる限りのことをさせてもらう。もとはといえば、うちの組の問題なのだ。探し出してみせるよ」

「ありがてえ……」

「水臭いことを言うな。今日はゆっくりできるんだろう。赤坂で一杯やっていこう」

「喜んで……」

18

白石景子の邸宅から、『環境犯罪研究所』に通うようになってから、三日が過ぎた。

その間、建築屋が事務所へやって来て、根津に建てる家について、細々した打ち合わせをしていった。

とても一回や二回の打ち合わせで片づくような問題ではなく、佐伯は、適当なところで打ち切り、また近いうちに来てくれるようにたのんだ。

電話が鳴り、白石景子が取る。景子は、事務所では、邸宅にいるときのような、独特な迫力は感じさせない。あくまでも、てきぱきと有能な秘書に徹しているのだ。

「佐伯さんにです。井上さんから」

佐伯は電話に出た。

「ミツコよ」

「どうした？」

「妙なやつらが、マンションの周囲をうろついているの。組関係だわ、やつら」

「何かおかしなことをされたのか？」

「ううん。手は出してこないわ。なんせ、このあいだ、あたしをさらってひどい目にあったやつらがいることは、当然、裏の世界では噂になっているでしょうからね」

「つまり、そいつらは、この俺を探しているということか？」

「そう思って電話したの。気をつけてね」

「ああ、おまえもな」

「これじゃ当分、遊びに来られないわね」

「どうかな？　すぐに片づくかもしれない」

「片づいたら、遊びに来てね。お店にでも、部屋にでもいいから」

「こいつは光栄なお誘いだ」

　ふたりは、ほぼ同時に電話を切った。

　ミツコを見張っている連中は、瀬能組だろうか、それとも泊屋組か――。佐伯は考えた。

それとも、ふたつの組の連合軍か？

彼は受話器を取り、警視庁捜査四課に電話した。

かつての同僚、奥野巡査長を呼び出す。

「チョウさん」

奥野は、周囲を気にしているのか、やや声を落とした。「実は、電話しようと思っていたんですよ」

「俺を必死で探し回っている連中がいるというんだろ？」

「そうなんですよ」

「瀬能組か？　泊屋組か？　どっちだ？」

「両方なんですよ」

「やっぱりな……」

「瀬能は、兄弟分の仇といって、チョウさんを狙っている……。一方、泊屋組のほうは、足立区のマルクメ運輸の一件で、けじめをつけようとしているんです。泊屋は、瀬能の稼業の上での伯父筋に当たりますからね」

「知ってるよ」

「瀬能組が拳銃を手にいれたという情報、気になります。気をつけてください」

「瀬能の下には、えらく腕のいいのがいたっけな……」

「秋月でしょう。本場、ロサンゼルスで体張ってグレてたやつですからね……」

「礼を言うぞ、奥野。聞きたいことを全部話してくれた。ついでと言っちゃ、なんだがな、目黒署あたりに伝えてくれ。最近、中目黒の交差点あたりで、人相の悪いのがうろうろしているらしいんだ。あのあたりには、俺のガールフレンドが住んでいるんでな……」

「わかりました。俺が直接行ってみますよ、チョウさん」

「忙しいんだろう。無理するな。所轄の警ら課にまかせればいい」

「たいしたことじゃないですよ。様子を見に行って、それらしいやつがいたら、職質かけてみます。何か情報《ネタ》がつかめるかもしれないし……」

「まかせるよ」

佐伯は電話を切った。

すぐさま立ち上がって、所長室のまえへ行き、ドアをノックする。

返事が来るまえに、さっとドアを開けた。内村所長は、真正面を向いていた。眼が合った。

大きなエネルギーを秘めた眼光だ、と佐伯は感じた。

所長は、こうして突然真正面から眼を見られるのがいやで、ノックがあるたびに、いつも故意に右横のディスプレイをのぞき込んでいるのではないか——佐伯は、ふとそう思った。

それとも、考え過ぎだろうか？

「どうしたね？」

所長はいつになく厳しい表情で尋ねた。

佐伯はドアを閉めて、机に歩み寄った。

「所長が気になさっていた、警察の手の及ばない部分の仕事ですがね……。どうやら、討って出る潮時のようです」

「泊屋組ですか？」

「そう。それと、瀬能組……。泊屋道雄は瀬能等の伯父貴分に当たるんですよ」

「一度に、ふたつの暴力団を相手にするのですか？」

「実際には、ひとつの暴力団と同じことです」

「あなたの言いかただと、こちらから攻撃をしかけるように聞こえますが……」

「そのとおり。待っていたら、やられるだけです。先手必勝ですよ」

内村の判断は早かった。彼は即座にうなずいた。

「わかりました。いいでしょう。あなたにすべておまかせしますよ」

「片づくまで、この研究所には近づかないようにします。ここと俺の関わりを知られると面倒になりますんで……。宿も当分はホテルを点々とすることになると思います」

「連絡だけは入れてください」

「はい。ひとつたのみがあるんですが……」

「何でしょう？」

「ＧＴＲを、またしばらく貸してもらいたいのですが……」

「もちろん、かまいませんとも」

「では、さっそくかかることにします」

「気をつけてください。くれぐれも」

「まあ、どうにか切り抜けますよ。生きて帰って、あなたに訊きたいこともある」

「訊きたいこと？」

「俺と白石くんをここのメンバーに選んだ理由について、です」

　内村は意外そうな顔をした。

「過去の実績を見て、適任だと思ったからですよ。それ以上の説明が必要ですか？」

佐伯は小さくかぶりを振った。

「込み入った話は、仕事が片づいてからにします。では……」

佐伯は所長室を出た。

そのまま、席に戻らず、出入口のほうへ向かった。彼は白石景子に言った。

「しばらく、事務所には出ない。横浜の屋敷にも戻らない」

「わかりました」

白石景子はそれだけしか言わなかった。しかし、冷淡さを感じさせなかった。むしろ、すべてを理解しているといった、共感のようなものが感じ取れた。

佐伯は、『環境犯罪研究所』のドアを出た。

GTRは不機嫌そうに、都内の渋滞した道路をのろのろと走っていた。
どこかでスピードを出してやらないと、こいつは欲求不満でぶっこわれちまうな
――佐伯はそんなことを考えていた。
彼は中目黒に向かっていた。
恵比寿を通り過ぎ、駒沢通りに路上駐車した。

夕方のラッシュが始まりかけている。

すでにあたりは薄暗い。佐伯は車を降りて、用心深い足取りで、ミツコが住んでいるマンションのほうへ歩き出した。

彼は、フラノ地のブルーのブレザーにオフホワイトのコットンパンツを合わせていた。靴はスリッポンではなく、ウィングチップだ。ひもで縛るので、戦いが始まっても脱げにくい。

白のオクスフォード地のボタンダウン・シャツ。それに、紺と茶のレジメンタル・タイを締めている。

いつものように、四本入りの手裏剣ホルスターを脇の下に下げ、左右の足にも、一本ずつ手裏剣をテープで貼りつけていた。

ブレザーのポケットには、パチンコの玉が左右に三個ずつ、計六個入っている。

裏路地に入ったとき、電柱のそばで、煙草を吸い、立ち話をしている男たちが眼に入った。

黒いシャツに、白っぽい背広の上下。ネクタイはしておらず、胸に金のネックレスをのぞかしている。頭は角刈り。

もうひとりは、派手なゴルフ・ウェアの上に、ジャンパー。パンチパーマをかけている。

ふたりとも、すこぶる眼つきが悪く、思わずよけて通りたくなるタイプだ。

瀬能組か泊屋組の若い衆に違いないと佐伯は睨んだ。

他にも仲間がいるかもしれないと思い、佐伯はしばらく様子を見ることにした。

彼らは、寒さに顔をしかめている。日が沈むと冷え込んできた。

佐伯もコートなしでは寒かったが、一戦交えるときのことを考えて、コートは着てこなかった。そして、刑事は、耐えるのに慣れている。

暗がりでしばらく見ていると、そのふたりに、近づいていく人影があった。そちらもふたり組だった。

佐伯は笑い出しそうになった。

近づいていったのは、奥野と相棒の刑事だった。電話で言ったとおり、彼は自らこのあたりを見回りに来たのだ。

奥野は、暴力団員たちに、職務質問を始めた。態度がさまになっていた。彼は、ふたりの暴力団員をその場から立ち去らせた。

佐伯はそれでも、動こうとしなかった。奥野たちが引き上げて十五分ほどすると、さきほどの暴力団員ふたりが戻ってきた。

組員たちは、上の命令があれば、警官が来ようが、親の仇が来ようが、それに従わねばならない。

さらにしばらくすると、別のふたりが近づいてきた。

黒スーツに、ゆったりとしたズボン。髪を短く刈っている。もうひとりは、頭を完全に剃っていた。タートルネックのセーターの上に、大柄なチェックのスーツを着ている。

どうやら見張りを交替するようだ。

佐伯は隠れていた場所からゆらりと出ていった。

立ち話をしている四人にゆっくりと近づいていく。

「どうもいやな臭いがすると思った」

二メートルほどの間を取って立ち止まると、佐伯は言った。

四人は、佐伯のほうを見た。佐伯は続けた。

「薄汚いヤクザが四人もいやがる……」

黒いスーツの男がゆっくりと体を佐伯のほうに向けた。

「てめえ、頭がおかしいのか？　誰に向かって喧嘩売ってるんだ？」

この黒いスーツが、一番の兄貴分らしい。佐伯は、あざけるような笑いを浮かべて言った。

「ヤクザふぜいが、何気取ってるんだ。おまえら、そんなところででかい面《つら》できる身分か？　人目につかないところに引っ込んでいろ」

「俺たち相手にそういう口をきくと、どうなるか知ってんだろうな。坂東連合の瀬能組を相手にしてるんだぞ、てめえは」

「ふん。池袋のちんけな組か……」

黒いスーツの男は、慎重になった。相手がただの素人でないことに気づいたのだ。

そのとき、白っぽいスーツの角刈りの男が声を上げた。

「あっ。こいつ、佐伯だ」

「なにっ！」

黒いスーツは、佐伯の顔をよく見ようと顔を突き出した。

彼は、驚きの声とも悲鳴ともつかない叫びを上げて顔をおさえた。

「あっ！」

佐伯は、親指で弾く『つぶし』を見舞ったのだ。パチンコ玉は、眉間に命中していた。

残りの三人は何が起こったのかわからず、立ちすくんでいる。

その間に、佐伯は二メートルの距離を一気に詰めた。

佐伯は、顔をおさえている黒いスーツの男の正面に立った。鳩尾《みぞおち》に、下から突き上げる『撃ち』を叩き込む。

体が折れて「く」の字になったところへ、顎めがけて『撃ち』を放つ。

黒いスーツの男は、がくんと膝をついて、そのまま、うつぶせに倒れた。

「野郎！」

あとの三人が、さっと散って、佐伯を取り囲んだ。前にひとり、うしろにふたりだ。

前に立っているのは、頭を剃った男だ。一八〇センチある佐伯より、さらに五センチばかり大きい。

身長だけではなく胸板も厚く、首が異様に太い。おそらく、プロレスラーくずれだろうと佐伯は思った。

プロレスラーとして芽が出ず、身を持ち崩し、用心棒などをやっているうちに、正式に暴力団の構成員になってしまったという手合いに違いない。

プロレスラーというのは、おそろしくタフだ。鍛《きた》えに鍛えた体は、多少の打撃ではびくともしない。

最大の敵は、目の前のプロレスラーくずれだ、と佐伯は戦いの方針を決めた。

いきなり佐伯は身を沈めた。両手を地面について、思い切り後方に右足を伸ばした。

うしろに立っていたパンチパーマの男の膝に、佐伯の踵が叩き込まれた。

パンチパーマの男は、悲鳴を上げ、膝をかかえて地面に転がった。そのままもがき始める。膝が折れたのだ。この苦痛に耐えられる人間はいない。

『刈り』の応用だった。『刈り』はこのように、足を払うだけでなく、相手の足そのものに攻撃を加えることができる。

佐伯は、すぐさま飛び起き、相手の攻撃にそなえた。

黒いシャツに白っぽいスーツを着た男が、後方からリード・フックを出しながら突っ込んできた。

佐伯は振り向きもせずに、体をかわした。かわしざま、足をかけ、襟首をつかんでいた。

突っ込んできた方向にそのまま加速してやる。相手は、足を引っかけられているので、止まることができず、プロレスラーくずれ目がけて、ぶつかっていった。

佐伯は、すぐさま白っぽいスーツの男に追いすがり、その頭をうしろから両手でつかんだ。

頭を持って後方に引き倒す。その後頭部に左右の膝蹴りを叩き込んだ。

男は声も上げず眠った。

これも、相手がヤクザでなければ、絶対に使わない危険な技だ。

プロレスラーくずれが、うっそりと立っていた。危険な眼をしている。うれしそうに眼を輝かせているのだ。

この男は、心底暴力が好きなのだ。佐伯はそれを悟った。

よく見ると、額《ひたい》にはいくつもの傷あとがある。腕の太さは、佐伯の足くらいありそうだった。

まともにやり合って勝てる相手ではない。しかも、相手は暴力団員だ。こんな相手と、正々堂々と戦って勝ってもほめてくれる人はいない。

佐伯はあとずさった。

三メートルもの距離を取る。

「どうした？」

ひどくしわがれた声でプロレスラーくずれが言った。「逃げ出すのか？」

佐伯はこたえなかった。代わりに、右手を素早く動かした。手首のスナップを使う『つぶし』だ。

左眼の下に命中した。

男は、低くうめいて顔をしかめた。手をそこに持っていく。みるみる顔が赤くなった。

「この野郎」

大型の犬がうなるような声で男は言った。

「つまらねえまねしやがって」

男は、佐伯に歩み寄ろうとした。

また手首を使った『つぶし』を撃つ。今度は、鼻と唇の間にある人中に命中した。

人中は、顔面最大の急所と言われている。さすがの元プロレスラーも、口もとをおさえて、足を止めた。

佐伯は、プロレスラーの足が止まるのを待っていた。

右手が、二回、鋭く振られた。

手裏剣が、プロレスラーくずれの両方の膝の下に一本ずつ突き立った。

獣じみた悲鳴が聞こえた。男は、よろよろと後退する。膝蓋腱《しつがいけん》を手裏剣で貫かれたのだ。経絡的《けいらく》に言うと、犢鼻《とくび》の穴《けつ》ということになる。立っていられるほうが不思議なのだ。

事実、男は立っているのがやっとだった。

佐伯は、滑るように近づき、足の外側——空手で足刀と呼ぶ部分を、上に向かって跳ね上げた。

足刀の部分が、男の金的をとらえる。

今度はプロレスラーくずれも悲鳴を上げた。たまらずに尻もちをつく。

男は股間をおさえて、地面にひっくりかえり、うめき始めた。

佐伯はこれで充分だと判断した。彼はその場を離れ、公衆電話から一一〇番した。

暴力団員が路上に倒れていると告げ、住所を教える。氏名を訊かれたが、こたえずに電話を切った。

ほどなくパトカーがやってきた。警官は、無線で救急車の要請をする。

そのあたり一帯にサイレンが次々と響き始めると、野次馬が集まり始めた。

その人だかりを横目で見ながら、ミツコが通り過ぎた。佐伯は陰でそれを見ているだけだった。

ミツコはこれから出勤するのだろう。赤いスーツの上に毛皮のハーフコートを羽織っている。

「へえ、こうして見ると、いい女だな」

佐伯はひとりごとを言った。

19

瀬能は事務所で、四人の組員が病院へ運ばれたという知らせを聞いた。

「もうたくさんだ」

彼は言った。「こんな報告は二度と聞きたくねえ……」

秋月をはじめとする四人の暗殺部隊は、組長の言葉を聞いて、緊張した顔を見合わせた。

電話が鳴り、若い準構成員が取る。若者はさっと顔色を変えた。

「組長に……。佐伯という人から……」

瀬能は、その若者を睨みつけた。ゆっくりと自分の机の上にある電話に手を伸ばす。

「瀬能だ。佐伯だって?」

「俺は、今、おまえ以上に腹を立てているかもしれん。おまえは、何の関わりもない俺の親戚一家を皆殺しにした」

「極道に楯つくとどうなるか教えてやっただけだ。前にも言ったが、まだ終わっちゃいねえぞ。てめえを追いつめて、殺すまでは、な」

「もうちょっと使えるやつを寄こすんだな。張り合いがない」

「そういうことを言っていられるのも、今のうちだけだ」

「教養がないな。まあ、ヤクザだからしかたがないか。台詞《せりふ》が陳腐だ。ちっとも会話を楽しめないから、用件だけを言おう。俺を殺《と》りたいのなら、今すぐ広尾三丁目まで来い。そこに建設中のマンションがある。俺はそこで待っている」

「安心しろ」

瀬能は言った。「そんなに待たせはしない」

彼は電話を切って、机の引出しからＣｚ75を取り出した。

秋月が尋ねた。

「何だって言ってきたんです?」

瀬能は話した。

秋月は難しい顔をして言った。

「罠じゃないのかな?」

「罠? どんな罠だっていうんだ?」

「武装して俺たちがこのことそのマンションの建設現場に出かけて行く。すると、向こうには、何十人という警官隊が待ち受けている……」

「もしそうなら、すぐに引っ返してくりゃいい。事前に何人か行かせて様子を見りゃ済むことだ」

秋月はうなずいた。

「いいでしょう。行きましょう」

彼は、暗殺部隊の三人の組員に言った。「さあ、おまえたち。いよいよ、本番だぞ」


瀬能を乗せたベンツを運転するのは秋月だった。

瀬能は、うしろの座席に深々とすわり、黙って正面を見すえていた。フロントガラス越しの街の風景は、彼の視界に入っていたが、彼はそれを見てはいなかった。

戦いの興奮というのは、彼にとっては一種麻薬のようなものだ。

おそろしくないわけではない。その恐怖感すらが快感のひとつの要素になっているのだ。

ベンツには、助手席にひとり、瀬能のとなりにひとり、銃を持った組員が乗っている。

瀬能のベンツのうしろには、クラウンが続いている。

クラウンのハンドルを握っているのは、銃を持った組員だ。クラウンの助手席にひとり、うしろの座席にふたり、使い走り程度の若者が乗っている。

彼らは全員、緊張しきっていた。みな、恐怖と戦っているのだ。

広尾三丁目にあるマンションの建設現場というのはすぐに見つかった。

四階建ての、それほど大きくはないマンションだった。すでに、骨組みは出来上がり、各階の床も仕切りが出来上がっている。

秋月は、一度建設現場を通り過ぎてから、細い路地を回って、あたりの様子を見た。そうして、戻り、建設現場の正面に車を駐《と》めた。

クラウンがそのうしろに静かに駐まる。

あたりは、学校や大病院が多く、住宅街と呼ぶには人気の少ない一帯だ。

「いい場所を選んでくれましたね」

秋月が言った。「ここなら、少々騒いでもすぐに通報されることはない」

「今日びは、夜になると都心のほうが、人気がなくなるからな……」

秋月は、Ｃｚ75をベルトから抜き取り、マガジン・キャッチのリリース・ボタンを押した。グリップから、ダブル・カアラム――銃弾を二列にして込めるマガジンが抜け落ちる。

マガジンには十五発の銃弾《カートリッジ》が入る。秋月は、弾が十五発のフルロードになっているのを確認した。

マガジンをグリップの下から叩き込むように戻すと、遊底《スライド》を引いて初弾を薬室《チェンバー》に送り込んだ。

「さあ、戦闘開始ですぜ」

秋月は言った。「こうすりゃ、あとは引き金を引くだけで弾が出る。指はトリガーにはかけず、必ずトリガーガードにかけておいてください」

瀬能は無言でうなずいた。

暗殺部隊のあとの二名も、秋月に習って弾を確認し、遊底《スライド》を引いた。

最初に、秋月が車を降りた。次が助手席の男。続いて、瀬能のとなりの男が降りる。

瀬能が最後に降りた。そのときにはもう、クラウンからは全員が降りていた。

秋月は、銃を持っていない若者三人を呼んだ。

「おまえら、ついて来い」

秋月は、両手で銃を持ち、銃口を下に向けて、腰を落とした。そのままの姿勢で、建設現場に飛び込む。

秋月は、鉄骨の陰に身を寄せた。あたりの様子をうかがう。彼は知っていた。こういう場合、数が多いからといって、彼らのほうが有利とは限らないということを。地の利は相手にある。そして、佐伯は素人ではない。

佐伯が、じっと自分たちの様子をうかがっているのは明らかだと秋月は思った。秋月は不安を追い払った。彼は自分に言い聞かせた。こちらには、五挺もの拳銃がある。どう考えても勝ち戦だ、と。

彼は、三人の若者に、手を振って前進するように合図した。

三人は、おびえていると言っていい。固まるようにして、秋月の脇を通り、先へ進んだ。壁があるところは壁づたいに、柱があればそれに身を隠しながら彼らは進んだ。

秋月は、彼らの姿を視界にとらえながら進んだ。

突然、慌てふためいた悲鳴が聞こえた。続いて、体を殴打する、独特の、そして秋月たちには馴染みの深い音が続けざまに聞こえた。

三人の若者の体がゆらりと揺れた。彼らは、次々とその場に倒れていった。

そのむこうをさっと影が行き過ぎた。

秋月は、反応した。ほとんど反射的にその影めがけて、銃を二連射した。

何も起こらない。少なくとも警官隊はいないようだ。

銃声を聞いて、瀬能たち四人がやって来た。

「どうした？」

秋月は咄嗟に言った。

「姿勢を低く。もっと柱に寄って……」

「どうってことはねえ」

瀬能が言った。「やつは銃を持っていないはずだ。いったい何があった？」

「銃を持っているかどうかはわかりませんよ。万が一、やつが銃を持っていたら、この状態ではこっちが不利かもしれない」

「びびってんじゃねえ。何があったと訊いてるんだ」

「様子を見にやった若い者《モン》が、あっという間にやられちまった。三人を倒すのに、一秒かかるかかからないかでした」

「情けねえな。帰ったら鍛え直しておけ」

「とにかく、先へ進みましょう。やつを見つけたら、取り囲むように追い込むのです」

「わかった」

「組長は俺のすぐうしろについてください。おまえたちはそのうしろだ」

三人の組員は、銃を片手にうなずいた。


若者たち三人を待ち伏せ、『撃ち』の連続攻撃で眠らせたあと、佐伯は、すぐさま階段を登り、二階の足場に立っていた。

彼は、瀬能や秋月たちを見降ろしている。五人が銃を持っているのを確認した。五人をばらばらにする必要があると佐伯は思った。佐伯は、足もとに落ちていた鉄材を拾い、手裏剣を持つ要領で右手の中指の上に乗せ、人差指と薬指で支えた。

五人並んでいる一番うしろの男を狙って、手裏剣を打つようにその鉄材の破片を投げつけた。

男は予想以上に大きな声を上げた。鉄片は、彼の肩に当たっていた。男は、後方から殴られたような気がしたのだろう。片手で肩をおさえて、振り向き、後方に銃を向けた。

「何だ？」

瀬能が怒鳴った。肩をおさえた男がこたえる。

「い、今、うしろから殴られたような……」

「むこうか……」

瀬能が、後方へ引き返そうとする。

「いけません」

秋月が言った。「やつは、こちらの混乱を狙っているんですよ」

佐伯は、もうひとつ鉄材の破片を拾い、今度は、はるか奥のほうへ放ってやった。

鉄と鉄がぶつかるかん高い音が響く。

五人は、はっとその音のほうを向いた。そちらに集中し始める。

「くそっ！」

瀬能が叫んで、トリガーを引いた。小気味いい音がして、銃弾が発射される。

秋月は何も言わなかった。佐伯は、秋月の腹のなかがわかっていた。

発砲させると、落ち着くことがあるのだ。自分がいかに破壊力のある武器を持っているかを再確認できるからだ。

また、発砲は射精の代替行為だからだという心理学者もいる。射精が興奮を鎮めることは疑う余地はない。

瀬能は、秋月が読んだとおり、多少、落ち着いてきたように見える。

佐伯はさらに挑発することにした。彼は、五人の位置から撃たれても弾が当たらぬように鉄骨にすっぽりと身を隠してから、呼びかけた。

「瀬能。そんなに暗闇がおそろしいか」

またしても秋月が一番早かった。しかも、正確だった。秋月は、佐伯が隠れている鉄骨を撃った。

あとの五人が、同じ方向に撃ち始める。

「上だ」

秋月は叫んだ。

男がふたり、階段を駆け昇って来る。

銃撃は、止んだ。だが、秋月がじっと狙いをつけていることは容易に想像がついた。

佐伯は階段を見つめている。彼は右手をふところに入れた。ホルスターには、手裏剣が一本だけ残っている。

それを抜き出した。男たちが上がってくる。ひとり目が胸のあたりまで見えた。

その黒い影の胸めがけて手裏剣を打つ。

手ごたえがあった。

手裏剣は、男の胸の中央に突き立ったはずだ。

男は悲鳴を上げた。手裏剣で死ぬことはまずないだろうが、衝撃はすさまじい。

男はそのまま、後方へ倒れかかった。すぐうしろに続いていた男は、その体重を支えきれず、ともに階段を転げ落ちるはめになった。

瀬能と、もうひとりの組員は、そちらを見た。

瀬能の声が聞こえる。

「何やってるんだ」

佐伯は、思いきって飛び出した。

だが、秋月だけは辛抱強く、佐伯が飛び出すのを待っていた。秋月は撃った。

銃弾が左肩に当たった。

ぼっとその一点が熱くなる。痛みは感じない。

ただ、ひどいショックで一瞬目のまえが真っ白く光り、足がもつれた。

佐伯は足場の上に倒れた。むしろ、それが幸いした。

残りの銃撃をかわすことができたからだ。

「当たったぞ！」

瀬能の声がする。「二階だ。行け！」

佐伯は頭を振って立ち上がると、三階へと急いだ。

秋月はあくまでも、下から援護の銃弾を浴びせてくる。

佐伯は三階に来て、鉄骨の脇に腰をおろすと、あえいだ。銃で撃たれた傷のショックが薄らいで、目がくらむような痛みがやってきたのだ。

彼はワイシャツのすそを裂いて、歯を使い、左肩を縛った。白い布がたちまち赤く染まった。

この程度の危険は承知の上だった。暴力団に喧嘩を売って無傷で済むはずはない。

だが、出血の量が多いので、時間がなくなったのは明らかだ。

ぐずぐずしていると、出血のために動けなくなってしまう。

それに、これだけ派手に撃ち合っていれば、じきに警察が来てしまう。

佐伯はズボンのすそをまくり、左のすねの脇に貼りつけてあった手裏剣をはぎ取った。それを右手で構える。

瀬能とふたりの男が、二階でうろうろしている。

佐伯は用心深く動いた。アドレナリンが急速に濃度を増したせいか、痛みがやわらいだような気がした。

三人は、別々の行動をしている。秋月がついて、ちゃんと指揮を取っていたら、もっとまとまった動きをしていたはずだ。

チャンスは今しかない、と佐伯は思った。秋月が二階へやって来たら面倒なことになる。

佐伯は、慎重に、組員のひとりを狙った。手裏剣を打つ。

悲鳴が上がった。

瀬能ともうひとりの組員はあわててそちらを向く。

佐伯は、その間に、鉄骨の梁《はり》づたいに、もうひとりの組員の頭上に移動していた。迷わず、飛び降りる。

組員の体を下敷きにする要領だった。うまくいった。組員は、崩れ落ちる。佐伯は、その顔面に『張り』を見舞い、そのまま、後頭部を、足場の床に叩きつけてやった。

組員は、昏倒した。

佐伯は、その男の手から拳銃を奪った。

そのとたんに、瀬能が猛然と撃ってきた。佐伯は身を投げ出し転がった。

勢いあまって、足場から一階へ転落した。足から落ちたが、そのときに、ひどく足をくじいてしまった。

一階で待ちうけていた秋月が撃ってきた。

佐伯は、立ち上がることもできずに、あわてて横転を続けた。

秋月は、佐伯が銃を手に入れたことを知らないはずだ。それが彼の誤算となる。

秋月は、撃ちながら、大胆にも歩み寄ってきた。

佐伯は、左肩の激痛をこらえ、最後の一回転に勢いをつけた。

上半身が起き上がる。その一瞬に彼は撃っていた。

佐伯が撃った弾丸は秋月の胸に命中した。ひどく重いものをぶつけられたように衝撃を受け、秋月は立ち止まった。

暗くて見えないが、彼は信じられないような表情をしているに違いなかった。

秋月はゆっくりと倒れた。

階段を降りてくる足音が聞こえた。

佐伯は、鉄骨の柱のところまで何とか体を引きずっていった。

柱に背を当てると、力尽きたようにずるずると腰を降ろした。

「おい、秋月」

瀬能の声がした。「どうした？　殺《や》ったのか？」

佐伯は、大きく深呼吸した。それから、彼は言った。

「どこを見てる。こっちだ」

瀬能はびくりと身を震わせて、声がしたほうを向いた。

そちらに夢中で銃弾を浴びせようとする。

だが、そのときには、もう佐伯は、両手でしっかりと拳銃を持ち、瀬能の頭に狙いをつけていた。

ただ引き金を軽く絞るだけだった。

銃声が響く。

一瞬、すべての音が遠のき、すべてが静止した。

瀬能の足がわずかに宙に浮き、そのままあおむけに倒れていった。

佐伯は、拳銃を放り出した。

20

佐伯は、ひどい脱力感にさいなまれていた。出血は止まらず、クラッチを踏む足は、すでにしびれてきていた。

どこへ行けばいいのかわからなかった。

思考が白濁してきていた。運転が危なっかしくなってくる。

彼は、ふと、ある場所のある人物を思い浮かべた。一度思い出すと、もうそこへたどり着くことしか考えなかった。

やがて、車を駐め、ひどい酔っぱらいのように、建物のドアをくぐった。

エレベーターで上がり、廊下を進む。ドアのノブを回す。鍵はあいていた。

ドアを開ける。そのまま、佐伯は部屋のなかに倒れ込んだ。

内村所長と白石景子が、はっとそちらを向いた。

「佐伯くん」

内村所長が叫んだ。

佐伯の意識はそこでとだえた。

泊屋のところに、瀬能死亡の第一報が入ったのは、夜中の二時過ぎだった。

泊屋は、情婦のところにおり、そこに電話できるのは、代貸の蛭田など限られた人間だけだ。

知らせは蛭田から来た。

「警察では、仲間割れか、組内の問題がこじれたことでの撃ち合いと発表したそうですが……」

泊屋は酔っていたが、たちまち醒めてしまった。彼は、何が起こったかを悟ったのだ。

「いいか」

泊屋は蛭田に言った。「この一件では、瀬能とうちは関係ない。泊屋組は一切、触れていない。そういうふうに、きれいにしておけ。今、佐伯とかいうやつを敵に回したくない」

「はい」

「いずれ、筋は通す。だが、今はだめだ。わかったな」

「わかりました」

泊屋は電話を切った。

彼は珍しいことに、怒りよりも恐怖を感じていた。

「佐伯か……」

泊屋はうめくようにつぶやいた。


佐伯がベッドで目を覚ましたとき、自分が丸二日も眠っていたなどとは思わなかった。

病室に人の気配がした。

白石景子が背を向けていた。花を花瓶に差しているのだ。

「俺に背を向けるとこわいぞ」

佐伯はそう言おうとした。しかし、喉が張りついたようでうまく声が出せず、咳き込んでしまった。

白石景子がさっと振り向いた。

「気がついたのね？」

「おおげさだな」

今度はうまく声が出た。「眠っていただけだ」

「そう。その間に、肩から弾を取り出し、左足にギプスをして……」

「足は折れていたのか？」

「気がつかなかったの？」

「クラッチを踏んでいた」

「驚いたわね……」

「ところで、銃創などがあると、ひどくやっかいなことになるはずだが……」

「ジュウソウ？」

「弾傷《たまきず》のことだよ」

「ここをどこだと思ってるの？」

「病院だろう」

「ただの病院じゃないわ。警察病院よ」

「何だって……。たまげたな。どういうことになっているんだ？」

「所長よ」

白石景子は秘密めかして言った。「所長には、いろいろな抜け道が用意されているようだわ」

「つまり、『環境犯罪研究所』というのは、かなり特別なところなのだな……」

「所長に訊くといいわ」

「訊くさ。あの人には訊きたいことがたくさんある。だが、とりあえず……」

「なあに」

「腹が減っているし、喉がからからだ。何とかしてくれないか」


内村尚之は、そのころ、自分の机で、昨日の朝刊を眺めていた。

瀬能組の内部抗争について書かれた記事を読んでいるのだ。もう何度目かだったが、何か不都合な点はないかチェックしているのだ。

読み終わると彼は、机の上に置いてある佐伯の手裏剣を手に取った。佐伯の右足に貼りつけてあった最後の一本だった。

「いいペーパーナイフになりそうだ」

内村はそうひとり言を言うと、手裏剣を、机の一番上の引出しに放り込んだ。

彼は、それから大きく伸びをした。

新書版あとがき（再録）

この作品は、一九九一年に発表されたものです。原題がすごいですね。『聖王獣拳伝』ですよ。私がつけたのではありません。当時の編集部が考えたタイトルです。あの頃は、夢枕獏さんや菊地秀行さんらのノベルス版伝奇アクションが全盛で、とにかく流行《はや》っている文字を全部並べてやれ、という編集部の悪のりがよく感じられます。

この時代は、携帯電話もなく、通信手段は無線と公衆電話。インターネットも普及しておらずメールなどもありません。今とは時代背景がまったく違います。

そんな時代の話を今さら新装版で出していいのかという気もしますが、私自身にとっては、けっこう意味深い作品なのです。

主人公は、もとマル暴刑事。そのために、警察組織のこともけっこう出てきます。伝奇アクションを書きながらも、警察小説を書きたがっていた当時の自分の気持ちがよくわかります。

この作品は、ノベルス作家から刑事小説家への過渡期的な作品なのです。過去の作品を読み返すと、必ず全面改稿したい衝動に駆られます。拙《つたな》さが眼につくのです。この作品を読んでも、ああ、小説の書き方がまだわかっていないないなと感じてしまいます。

視点のぶれもあるし、余計な説明も多い。ストーリーとは関係なしに、調べた知識を詰め込もうとしている部分も目立ちます。正直に言って、小説になっていないという気がします。

実際、私が小説の書き方がわかったと自覚できたのは、著作百冊を越えてからだったと思います。

しかし、若い時代の作品だけあって、妙な勢いがあるのも確かです。「環境犯罪」というアイディアも、当時としてはなかなかのものだったと自負しています。その勢いだけでも感じていただければ幸いです。

二〇〇八年六月

今野　敏

解説

関口苑生《せきぐちえんせい》
（文芸評論家）

空前の警察小説ブームといわれる。

いうまでもないだろうが、警察小説そのものは何も新しいジャンルではない。ミステリのなかでは昔からど真ん中の本通りを往くジャンルで、警察官は犯罪を扱うミステリでは不可欠の存在でもある。さらにいうなら日本でも松本清張の作品をはじめ、過去に刑事や警察官を主役とした小説が脚光を浴びた時代は何度かあったし、今も読み継がれている名作となるとこれはもう数知れない。ミステリ・ファンならきわめて馴染《なじ》み深いジャンルの小説なのだった。

それはわかっている。わかってはいるが、それでも、現在のように圧倒的活況を呈した時代は、おそらくなかった、と思う。いわば空前の出来事なのである。

では、なぜこんなにも警察小説が人気となったのかとなると、実はよくわからない。しかしながら、わからないなりにわたしが感じているのは、書き手の側が警察小説の新たなる可能性にチャレンジし始めたせいではないか、ということだ。

警察小説の一般的イメージは、事件の捜査を主体とした刑事たちの行動を描く小説、もしくは名刑事が登場する小説であろうか。ところが、ある時期にこれが一変する。警察官といえども（会社）組織の一員であることには変わりなく、また警察の部署も捜査を担当するだけでなく、事務職系の警察官も多数存在するという、実に当たり前のことに気づいたのである。そこから何が起こったか。

あくまで警察官という特別な枠組みのなかで生きる人々を主人公にしたものではあるけれども、警察小説が企業小説にも家族小説にもなりうるジャンルとして、にわかに注目されるようになったのだ。いやそればかりではない。本来の謎解きを中心としたミステリはもとより、警察官と事件関係者との交流を細やかに描けば時代ものにも負けない人情小説となり、一方でその時々の流行や世相を捉《とら》えた風俗小説にもなりうる。もちろんアクションたっぷりの活劇小説や、ハードボイルドも無くてはならない要素だろうし、事件の捜査を通じて経験を自分のものにし、人間としての幅も出てくる成長小説も考えられる。さらにはスピンアウトして、事件の加害者家族、被害者家族を軸に据《す》えたものだっていい。

いってみれば、警察小説はどんな小説にも対応できる魔法の「器」だったのである。加えて、（犯罪）事件を挟《はさ》んでこれほど人間感情の裏表を暴《あば》き出し、ストレー

ト な形でも、とことんひねった形でも描写できる小説もまずほかにはない。可能性を広げるという意味では、作者にとっても、読者にとっても、こんなに魅力的な小説のジャンルはなかったのではないか。まさに新たな発見であった。
　そして今野敏は、このブームを牽引《けんいん》した中心的作家であった。とはいえ、彼とても一朝一夕に現在の地位を築いたわけではない。むしろ彼の場合は、並の人よりも数倍以上の苦労を味わってきた努力家であった。

　今野敏は一九五五年九月二十七日、北海道三笠市に生まれた。父親は公立高校の教師だった。本人曰《いわ》く、運動が苦手でび弱な少年だったという。父の転任にともない、小学校三年生のとき岩見沢に、中学校三年生では江差へと転校、高校は道内では有数の進学校として知られる函館ラ・サール高校に入学。一年間の寮生活を送ることになる（二年次以降は函館市内に引っ越してきた両親たちと共に、自宅から通学する）。部活動は茶道部と演劇部に入部。しかしその一方で、友人と寮のレコード室に入り浸《びた》ってジャズを聞きまくり、市民会館でのジャズ・コンサートや劇団の公演にはほとんど出かけていったという。一浪後、上智大学文学部新聞学科に入学し、キャンパスで誘われるまま空手同好会と、高校と同じ裏千家の茶道部に入会する。大学在学中の一九七八年、第四回「問題小説」新人賞を「怪物が街にやってくる」で受賞し、作家デビュー。ジャズと空手を題材にした伝奇風味の短篇で、選考委員の筒井康隆が激賞した作品だった。

大学卒業後は大手レコード会社に三年半ほど勤務。一九八二年、最初の著書『ジャズ水滸伝』（現在は『奏者水滸伝　阿羅漢《あらかん》集結』と改題）を発表し専業作家となる。どんな作家の作品でも共通していえることだろうと思うが、デビュー作や処女長篇の印象は強く残るものだ。その意味では、今野敏の小説はまさしく強烈だった。いってはナンだが、ジャズに拳法にSFという三題噺《ばなし》のような組み合わせなのだ。この三者が渾然《こんぜん》一体となって、何やら底知れぬパワーを感じさせ……とどうにも上手く説明できないのだが、ともかく異色のエンターテインメント小説が出現したのである。この新人、何だか凄《すご》いぞと思ったことをよく覚えている。

だがしかし、驚きはさらに続く。

長篇二作目の『海神の戦士』（一九八三、現在は『獅子神《バール》の密命』と改題）では、古代民族の血を引く戦士がエスピオナージの世界を潜り抜け、ジャズの旋律でもって人類の〝敵〟と闘うという、これまた途方もない物語を展開。かと思うと第三長篇『レコーディング殺人事件』（一九八三、現在は『フェイク〈疑惑〉』と改題）

――この小説では密室殺人の謎を解く本格推理サスペンスに挑戦しているのだ。主人公とは別の、捜査の中心人物には警視庁捜査一課の警部が登場、犯人が仕掛けたトリックを鮮やかに解くと同時に罪を憎んで人を憎まずの姿勢をみせる。

とまあ最初の三作で、見事にタイプが異なる作品を読者の前に出してみせたのだった。同時にまた、いま振り返ればこの三作が以後の今野敏の根幹をなしていたのである。

まず『ジャズ水滸伝』は、本人がどこまで意識していたかどうかは別にして、特殊な能力を持った人間たちがチームを組んで「事」にあたるというスタイルを、ここですでに確立したのであった。主人公ひとりが活躍する小説ではなく、個々人もそれぞれ頑張《がんば》りながら、最終的にチーム全体で結果を残すという手法である。続く『海神の戦士』は、純然たるヒーロー小説の様を呈しているが、その人物がヒーローとして覚醒《かくせい》し、戦いの場に出向き、帰還して憩《いこ》いの場を得るまでには多くの〝仲間〟がいることも気づかされる。それとこの作品の根底には、地球温暖化を筆頭とする環境破壊の問題がどっしりと横たわっている。環境破壊と少年犯罪は、その後も今野敏が最も力を入れてきたテーマであり、初期の頃から、大自然に対する暴力は人間社会のなかの暴力と何ら変わりはないとの主張を貫いてきたことが強く感じられる。そして『レコーディング殺人事件』は、今野敏が書いた初めてのミステリで、しかも刑事小説の趣《おもむき》もある作品なのだった。

今野敏の警察小説は、一九八八年の『東京ベイエリア分署』(現在は『二重標的〈ダブルターゲット〉』と改題)をもって嚆矢《こうし》とするのが一応の定説となっている。もちろんそのことに異議を唱えるつもりはないが、この『レコーディング殺人事件』と、一九八六年に刊行された『茶室殺人伝説』は、そこに繋《つな》がる習作的意味合いがあったように思う。つまりそれぐらい刑事の存在感が強く感じられた作品といっていいだろう。それからこれはいまだから指摘できるのだろうが、『茶室殺人伝説』に登場する神奈川県警の刑事の名前が、そもそも「安積《あずみ》」なのである。

そうした経緯があって、前述した『東京ベイエリア分署』をはじめとする安積班の面々が活躍する警察小説が始まるのだが、続けて『虚構の殺人者』(一九九〇)、『硝子の殺人者』(一九九一)と三作ほど書いたところで、シリーズが一旦中止という憂き目にあってしまう。そのあたりの事情については、もういろいろなことがごっちゃになっているので、ここではあえて多くは述べない。

しかしこうした警察捜査活動小説は——それも絶対的な縦社会である警察組織のなかでの人間関係や、揺れ動く感情の機微も同時に描いた警察小説は、きわめて珍しかった、というよりはっきりと大きなチャレンジであった。ただし、それが広く読者に受け入れられるには、もうしばらくの時間が必要であったということだろう。また当時は、一見地味そうに見える警察小説よりも、もっと派手な活劇タイプの小説が望まれていたのかもしれない。いってみれば、早すぎたゆえの悲劇というところだろうか。

本書『潜入捜査』（一九九一、初刊時の『聖王獣拳伝』を改題）は、時期的にいうとちょうどこの《ベイエリア分署》と入れ替わるように始まったシリーズの第一作である。作者のあとがきにも書かれているが、本書は今野敏がノベルス作家から刑事小説家へと移行する過渡期的な作品といえよう。版元からは伝奇アクションをと望まれ、その要望に応《こた》えながら警察小説の可能性を探っていたことが実によくわかる。

物語は警視庁捜査四課（この部署もいまはなく、組織犯罪対策課に統合されている）、いわゆるマル暴の刑事だった佐伯涼が、突然の出向辞令を受けることから始まる。出向先は『環境犯罪研究所』という、それまでの仕事とはおよそ無縁の場所だった。聞けば環境庁の外郭団体らしかったが、職員は所長の内村尚之、アシスタントの白石景子、それに異動してきた佐伯を加えてたったの三人。これで一体何をしようというのか、佐伯ならずとも疑問に思って当然だ。ところが、この研究所がとんでもなかった。

環境犯罪というのは、環境汚染あるいは環境破壊といった事柄に関連した犯罪行為をいう。たとえば産業廃棄物の不法投棄だ。あるいは金目当ての自然破壊もそうだろう。特に悪質な環境破壊の陰には暴力団がいる。この研究所は、それら悪質な環境破壊者を独断で処分してもいい権限を与えられているというのだ。

一方の佐伯はマル暴刑事時代、暴力団員に容赦ない仕打ちをすることで知られていた。平気で拳銃の銃口を向け、引き金を引くことも厭《いと》わない。しかしいまの佐伯は、銃の携帯は認められず、警察手帳も取り上げられ、逮捕権もない身であった。だが……彼の身体には、古来より脈々と受け継がれてきた暗殺拳「佐伯流活法」の奥義と、ある一族の血が流れていたのである。はたしてその血がなせる技なのか、彼は暴力団から産廃を運ぶよう脅されていた運送会社へ潜入し、囮《おとり》捜査を始めるのだった。

とまあ、ざっと紹介しただけでもわかるように、ここには今野敏が最初期から描いてきたテーマ——伝奇的要素や環境への危惧などがたっぷりと詰まっている。そういった意味では、この時期における集大成的な作品といっていいかもしれない。

活劇場面なども一段とエスカレート、つまり凄《すさ》まじく、激しいものになっている。そこに加えて《ベイエリア分署》の安積警部補にはなかった（できなかった）刑事の生き方、形を描いてみようとしたのではなかったか。

といって、はみ出し刑事が極秘捜査で単身敵の組織に潜入するというパターンの物語も決して目新しいものではない。一九七〇年代の、生島治郎《兇悪》シリーズなどはその代表だろうし、これをテレビドラマ化した天知茂主演の『非情のライセンス』も人気を博したものだった。もちろん今野敏だって当然承知しているはずだ。だが、それら過去の秀作に学びながら、自分らしさを付け加えていくのが作家の宿命でもある。そして事実《潜入捜査》のシリーズでは、巻を重ねるごとに今野敏らしさがみえてくるのだった。一匹狼型の刑事を描いても、決して非情でも孤独でもなく、そこにはほの温かい優しさがどこかしらに窺《うかが》えるのである。それにまた『環境犯罪研究所』の内村所長と白石景子も、単なるお役人ではないことが次第に明らかになっていく。

いやまったく、これは今野敏のなかでも、もっともっと注目されていい作品ではないかとつくづく思う。


（二〇一〇年十二月）

〈追記——実業之日本社文庫新装版刊行にあたり〉

新装版の刊行ということで、何か追記をとの仰せなのだが、そういわれても新たに付け加えることはあまりない。それでもまあ、旧版の文庫解説を書いてからは十年ほどが経っているし、その間にはさまざまな事件や事故があり、政治や経済などの社会状況にもそれなりの変化があったのは否めない。もちろん出版業界もまたしかりだ。

たとえば警察小説のブームにしても、前回の解説では空前の人気を博し、圧倒的な活況を呈している時代だと記したものだが、さすがに現在は、一定の落ち着きを取り戻しているように思える。といっても決して下火になったわけではない。刊行点数こそ一時期の勢いほどではなくなったにせよ、警察小説の人気は以前と変わらず高い状態を保ったまま持続している。

が、それとは別に感じていることがある。これは前回でも少し触れていることだが、何というのか、警察小説全体が、じわじわと成熟しつつあるジャンルになってきた気がするのだ。あくまで個人的な感想だが、あのブームを経てから、もともとはミステリの一ジャンルであったはずの警察小説が、もっと幅広く、もっと深く浸透して、ミステリを超えたところでも認められ、愉しまれるようになってきたといえばいいだろうか。ミステリ云々《うんぬん》という前に「小説」としての面白さ、奥深さを感じられる作品が目立って増えてきたのである。いい方を変えれば、ミステリであると同時に、組織小説としても、家族小説としても、さらには恋愛小説、成長小説、風俗小説……とさまざまな相貌を持ちながら、複雑微妙な人間の心理や関係、社会環境の諸相を映し出してみせる文学形態になってきた、とそんなふうにも思うのだ。

それは今野敏をはじめとする生真面目な作家たちが、日々積み重ねてきた努力と研鑽があったからにほかならない。警察小説が内包していた、入れる材料によっていかようにも対応できる「器」という性格と能力を最大限に活用し、駆使し、小説の面白さと可能性を追求してきた結果のことだった。

しかし、それにしてもと改めて思うのは、あの時期（一九九〇年代後半から二〇一〇年代にかけて）、警察小説の一大ブームはなぜ起こったのかという素朴な疑問だ。で、あれこれ調べてみたら、ひとつ興味深い説があるのを発見した。ある作家の意見なのだが、「景気が下がると、警察小説が売れる」というのだ。景気のよいときは、人はロマンを求めるが、景気が下がってくると人はリアリズムを求める。ロマンの時代はヒーローが生まれ、リアリズムの時代は内向きの志向となるからなのだそうだ。

まあ、事の真偽はともかく、なかなか面白い話だなと思っていたら、何とこれが今野敏も似たようなことを語っていたのだった。

二〇〇八年に『果断　隠蔽捜査2』で山本周五郎賞を受賞した際のインタビュー（『小説新潮』二〇〇八年七月号所載）で彼は、「時代的な背景で言うと、高度成長とかバブルのころって、主人公はアウトローが多い。つまり組織からはみ出した人間が格好よかった。それは生活の不安がないからです。しかし、いまは会社に勤めて安定した生活を送ることを求めている。だから昔みたいにアウトローに憧れるのではなくて、組織の中で自分がいかに立ち振る舞うかということに関心が移っています。だから、警察の組織とか、組織のなかでの警察官のたたずまいを描く小説が共感を得ているのではないでしょうか」との感想を述べているのだ。

ご承知のとおり、今野敏の警察小説は一九八八年から一九九一年までの《東京ベイエリア分署》シリーズが始まりだった。思えば、この時期というのはまさにバブルの時代であったのだ。そんな時代に縦社会である警察組織のなかで、歯車同士が互いに協力し合い、いかに生きていくかを、言葉は悪いがチマチマと模索する小説は、やっぱり時代の雰囲気にそぐわないかも知れず、読者には受けが悪かっただろうなと想像できる。逆にいえば、今野敏は時代を先読みし、一歩先を往く現代警察小説の先駆者であったともいえる。

ちなみに、組織のはみ出し者ヒーローを主人公とした大沢在昌の『新宿鮫』が生み出されたのは、バブルが弾ける直前の一九九〇年だった。

では本シリーズはどうだったかというと、これが書かれたのは一九九一年から一九九五年にかけてであった。ベイエリア分署とほとんど交差するような形でのスタートだった。バブルが崩壊したのは一九九一年の三月。何とまあ実に微妙な時期ではないか。常識的に見て、その時点ではまだ多少なりともバブル期の残滓《ざんし》はあっただろうし、そう考えていくと、佐伯涼が今野敏の警察小説のなかでは珍しくアウトロー的な存在だというのも何となく納得できる。しかもその彼が、小さいながらも『環境犯罪研究所』という組織のなかで、それを意識しながら行動するのだ。まさに佐伯は、景気動向の境目にあってこそ生まれた主人公だったと思わざるを得ない。

もっとも、執筆当時は版元からは警察小説をと注文されたわけではなく、アクションものをとの依頼だったそうだ。にもかかわらず刑事を登場させたのは、警察小説を書くことに対して相当の覚悟と意欲を持って臨んだにもかかわらず、諸般の事情で中断されたベイエリア分署への悔しさとリベンジの思いからだった。いわばアクションものの「器」を借りて、刑事の話を書いたのである。

そして時代の景気は、これ以降泥沼のような低迷期に陥っていく。と同時にやがてそんな風潮と歩調を合わせるように、新しい時代に相応しい警察小説が続々と誕生し、人気を博していくことになるのだった。

当時はあまり目立ってはいなかったが、今野敏はその最先頭を走る作家であった。話は変わるが、本シリーズのメインテーマである「環境犯罪」という言葉は、今でこそ当たり前のように使われているが、刊行当時にはなかったものだ。現在は警視庁のホームページにも載っており、それを読むとそこには内村所長が説明したような内容がずらずらっと書かれてある。環境犯罪を取り締まるのは生活安全部の生活環境課で、部署によっては「生きもの係」なんて、まるでどこかのミュージシャンのような名前がついていたりするのも面白い。その生活安全部が創設されたのは一九九五年の一月で、生活環境課が追加されるのは二〇〇二年九月のことだ。いずれにせよ、本書が書かれたときにはまだ影も形もなかったのである。

こんなところにも今野敏の先見性がみえ隠れする。

（二〇二一年一月）

本作品はフィクションであり、実在する人物、団体等とは一切関係ありません。

本書は一九九一年五月、天山出版より刊行された『聖王獣拳伝』を『潜入捜査』と改題し二〇〇八年七月に有楽出版社より新書版（ジョイ・ノベルス）として、また二〇一一年に実業之日本社文庫より刊行された作品の新装版です。

実業之日本社文庫　最新刊

泉 ゆたか
猫まくら　眠り医者ぐっすり庵
江戸のはずれにある長崎帰りの風変わりな医者と一匹の猫がいる養生所には、眠れない悩みを抱える人々が——心ほっこりの人情時代小説。（解説・細谷正充）
い17 1

草凪 優
アンダーグラウンド・ガールズ
東京・吉原の高級ソープランドが廃業した。人気の嬢たちはデリヘルを始め、軌道に乗るも、悪党共の手により…。女たちは復讐を誓う。超官能サスペンス！
く6 8

倉知 淳
豆腐の角に頭ぶつけて死んでしまえ事件
戦争末期、密室状況の陸軍の研究室で死んでいた兵士のそばには、なぜか豆腐の欠片が——奇想満載、前代未聞のユーモア&本格ミステリ。（解説・村上貴史）
く9 1

今野 敏
潜入捜査　新装版
今野敏の「警察小説の原点」ともいえる熱き傑作シリーズが、実業之日本社文庫創刊10周年を記念して装いも新たに登場！ 囮捜査の行方は…。（解説・関口苑生）
こ2 14

佐川光晴
駒音高く
将棋会館の清掃員、プロを目指す中学生、引退間際の棋士…勝負の世界で歩を進める7人の青春を描く。家族小説の名手による感動傑作！（解説・杉本昌隆八段）
さ6 2

原田ひ香
サンドの女　三人屋
心も体もくたくたな日は新名物「玉子サンド」を召し上がれ——サンドイッチ店とスナックで、新・三人屋、今日も大繁盛。待望の続編、いきなり文庫で登場！
は9 2

藤田宜永
彼女の恐喝
奨学金を利用し、クラブで働く圭子と、殺人現場から逃げ出した男。ふたりは次第に接近する。驚愕の心理サスペンス。著者、最後の作品。（解説・西上心太）
ふ7 1

南 英男
謀殺遊戯　警視庁極秘指令
元エリート官僚とキャバクラ嬢が乗った車が激突して二人は即死。しかし、この事故には不自然な点が。極秘捜査班が調査に乗り出すと——怒濤のサスペンス！
み7 18

吉村達也
血洗島の惨劇
会長が末期ガン、新社長就任を控えた息子が惨殺……大実業家・渋沢栄一生誕の地「血洗島」で悲劇の連鎖!?朝比奈耕作、真相を抉る！（解説・大多和伴彦）
よ1 11

実業之日本社文庫　好評既刊

実業之日本社文庫 こ214

潜入捜査《せんにゅうそうさ》〈新装版《しんそうばん》〉

2021年2月15日　初版第1刷発行

著　者　今野《こんの》 敏《びん》

発行者　岩野裕一
発行所　株式会社実業之日本社
〒107-0062　東京都港区南青山 5-4-30
CoSTUME NATIONAL Aoyama Complex 2F
電話 [編集]03(6809)0473 [販売]03(6809)0495
ホームページ https://www.j-n.co.jp/
DTP　ラッシュ
印刷所　大日本印刷株式会社
製本所　大日本印刷株式会社

フォーマットデザイン　鈴木正道（Suzuki Design）

ISBN978-4-408-55643-7（第二文芸）